내 편을 가져본 적이 없어서

내 편을 가져본 적이 없어서

May peace be with you

안토 지음

좋은땅

목
차

오늘도 잠 못 이루는 당신에게

혹시 1이 지워졌는데도 답장 없는 대화창이, 얼마 전 직장 동료 혹은 친구에서 들었던 찝찝한 말 한마디가, 오래전 내가 저지른 나만 기억하는 사소한 실수들이 온통 내 머릿속에서 뒤엉켜 오늘도 쉬이 잠들지 못하고 있으신가요?

이렇게 늘 핸드폰을 들었다 놓았다, 몸을 이리저리 뒤척이다, 혼잣말을 하거나 한숨을 내쉬다 하얗게 밤을 지새우는 사람. 이는 사실 바로 저의 이야기입니다.

태생이 예민한 탓인지 아니면 애정 결핍이나 성장 과정에서의 트라우마 탓인지 저는 태어나서 단 한 번도 진정한 내 편을 가졌다는 생각을 해 본 적이 없습니다. 그래서였을까요. 특별하게 불우한 환경이 아니었음에도, 이상하게 어느 한구석이 늘 불안하고 불행했습니다. 어떤 관계에서도 자신을 가지지 못하고 휘둘리기 일쑤였고요. 이모티콘만 있는 문자 하나에, 누군가의 의미 없는 눈빛에, 상대는 기억하지 못하는 나의 말 한마디에, 정말이지 '사랑 못 받는 똥강아지'마냥, 언제나 안절부절못하고 전전긍긍 애를 쓰며 살아왔습니다.

그러다 보니 자연스레, 어떤 상황에서도 단단하고 단정한 사람이 꿈이 될 수밖에 없었습니다. 현실과 괴리감이 커질수록 그 꿈은 더욱 강렬해졌습니다. 간절하게 많은 자기계발서나 심리학, 인문, 과학 서적들을 읽고 관련 강의들을 찾아 들었습니다. 이론들을 열심히 외우고, 실전 훈련들도 부단히 연습했습니다.

과연, 저는 제가 꿈꾸는, 현실의 저와는 다른 사람이 되었을까요?

죄송한 이야기지만, '나는 이렇게 해냈다' 같은 성공담을 기대하셨다면, 저의 글은 이제 읽지 않으시는 것이 좋습니다. 안타깝게도 책 한 권이나 방법 하나로 인생이 완전히 달라졌다는 경우는 저의 것이 아니었습니다. 오히려 매번 기대하다 보니 좌절과 실망 그리고 뒤이은 슬픔과 분노만이 쌓여 갔습니다. 결과론적으로만 보자면, 저는 실패한 셈인 거지요. 그런데 신기하게도, 하마터면 모르고 지나칠 뻔했을 정도로, 아주 슬며시 저 자신이 달라지고 있었습니다. 상처에 맷집이 생겼다고 할까요, 굳은살이 돋아났다 할까요. 내 안에서 그동안의 노력과 시간의 힘이 조용히 단단해지고 있었던 것입니다.

그 조금의 힘으로 수없이 넘어져도 툭툭 털고 일어나 또다시 꾸역꾸역 발을 내디디며 걸어온 제 모습이 보잘것없어 보일 수도 있다는 것을 잘 알고 있습니다.

그럼에도 불구하고, 내 몫의 고통은 그 누구의 공감이나 이해도 도움이 되지 않았고, 오롯이 나 자신만의 시간과 인내로만 감내할 수 있음을 깨달은 것. 그거 하나만으로 저는 충분했습니다.
그 아주, 아주 조금의 변화를 위해 부단히 노력했던 지난한 과정을 기록한 것이 바로 제 글들입니다.

내 편을 가져보지 못한 사람이, 내 편을 가져보고 싶어서, 내 편 좀 되어 달라고 글을 쓰기 시작했습니다. 그리고 내 형편없는 기록이 누군가에게 한 점 위로가 되기를 혹 그렇게 된다면 서로가 서로에게 어느 한순간이라도 내 편이 되어 줄 수 있기를 바라며….

　조심스레 손을 내밀어 봅니다.

당신의 해골을 보여 주세요.

• 내가 얼마나 형편없는 인간인지 보여 줄 수 있나요?

내 편을 가지지 못한 사람들은 유독 많은 해골을 가지고 있습니다.

양육 과정에서 나아가 성장 과정에서 수용 받아 본 적이 없어, 자신의 존재 자체에 수치심을 가지고 있는 탓입니다. 수치심을 가지고 있는 사람은 유독 자신의 단점이 들춰지는 것에 두려움을 크게 느끼기 때문에 항상 해골들을 꼭꼭 감춰 놓고 살게됩니다. 바로 저의 이야기입니다.

돌아보면, 어른이라는 가면을 쓰고 살기 시작한 날부터 싸움의 연속이었습니다. 큰 고비들은 아무리 힘들어도 넘어야 한다는 목표로 어떻게든 안간힘을 쓰면 되었습니다.

그런데 사람들과의 사이에서 겪어야 했던 그 모든, 조용하지만 치열했던 싸움들. 탐색하고, 재고, 실망하고, 시기하고, 미워하고, 매달리고 아니면 시달리고. 그런 수많은 감정 속에서 나를 지키기 위해, 끝없이 유지해야 하는 긴장 상태의 연속들은 고요히 나를 싸움꾼으로 만들었습니다. 언제 누가 나를 공격할지 경계하며, 갑옷을 단단히 입고 칼을 꼭 움켜쥔 채, 매 순간이 전투태세가 되었던 것이지요.

무엇을 지키기 위해서냐고요? 그냥 무시하라고, 신경 쓰지 말라고 쉽게 말합니다. 누구보다 나 자신이 제일 잘 알고 있습니다. 지나고 나면 기억조차 안 나는, 정말이지 무의미한 관계이고 전투라는 걸요.

그런데요, 그 속에 있으면요, 그런 말 한마디가, 차가운 눈빛이, 한숨 소리가, 몇 초의 침묵이, 문자 한 통이 마치 거미줄처럼 나를 옭아매서, 빠져나오려 애쓰면 애쓸수록 더욱 지독하게 엉키게 했습니다.

최악은, 이런 소리 없는 전쟁 속에 오래 있다 보면 사람이 어떻게 되는지 아시나요?

남을 탓하게 돼 버립니다. 슬프게도 그렇게 안 하면 숨조차 쉴 수가 없기 때문입니다. 그런데 이상하게도. 숨은 쉬는데 영혼은 점점 메말라 갑니다. 남을 탓하는 게 한시도 좋은 약이 아니란 걸 알지만, 계속 바르다가 덧나고 곪아 버렸던 것입니다. 그렇게 나는 나 자신이 아주 형편없는 인간이 되어 가는 걸 지켜봤습니다.

아주 천천히, 투명하게 모든 찰나를 느끼면서요.

그리고 '어느 집에나 옷장 속에 해골이 있다'라는 말을 최고급 초콜릿처럼 꺼내 먹으며 살았습니다. 누구나 감추고 싶은 아픔이나 비밀이 있다는 말이, 나만 이렇게 형편없이 사는 것은 아니라고, 다른 사람도 다 똑같다고 위로해 주는 거 같아서 말이지요.

내가 이렇게 형편없는 인간인 것보다, 나만 이렇게 형편없는 인간인 것이 훨씬 슬프고 비참했습니다. 수치스러운 자신과 지나온 흔적, 절대 드러내고 싶지 않은 결핍과 상처 등등 나와 같은 해골들이, 상대에게도 있을 거라는 달콤함이 내 신경을 타고 올라가면 조금이나마 기분이 좋아졌습니다.

그리고 이 초콜릿을 먹으며 다가올 싸움을 준비했습니다. 내가 질 거 같으면 상대의 해골을 몰래 찾아내어 무기로 삼는 것이지요. '당신은 이렇게나 흉측한 해골들을 가지고 있어! 그러니 내가 이긴 거야.' 나는 마치 해골이 하나도 없는 척하면서 말입니다. 하, 듣기만 해도 얼마나 고역이고 지겨운 싸움인지 아시겠나요.

그렇게 매일 내 옷장 속 해골들을 누가 알게 될까, 전전긍긍마음 졸이며 살다 어느 날 문득 발견했습니다. 해골을 감추려고 벌인 싸움으로, 더 많은 해골이 생겨 버려 내 옷장이 터질 지경이 되었다는 것을 말입니다. '옷장이 터져 버리면 사람들이 모두 내 해골들을 보고 말 거예요. 그러면 나는 정말 더는 버틸 수 없을 거예요. 지체할 시간이 없어요. 한시라도 빨리 해골들을 정리해야 해요.'

어쩔 수 없이 나는 거미줄과 먼지가 쌓인 해골을 하나씩 꺼내 닦기 시작했습니다. 처음에는 그 해골을 보는 것 자체만으로 창피하고 두려웠습니다. 그러다 해골 하나하나를 정성스레 들여다보고 닦고 정리하면서 아주 서서히 그제야 눈에 보이는 것이 있었습니다. 이까짓 해골이 뭐라고. 그 긴 시간 이걸 감추고 또 감추려다, 더 큰 고통을 만들어 내는 멍청한 싸움을 수없이 반복했을까. 그 결과, 나 자신이 하나의 거대한 해골이 돼 버린 것은 아닐까, 바로 그동안 보지 못했던 진짜 내 모습 말입니다.

나는 아마 앞으로도 이 해골들을 안고 살아갈 것입니다. 여전히 보여 주기 싫은 해골이 남아 있거든요. 하지만 이젠 적어도 굳이 감추려고 치러야 하는 조용한 싸움은 천천히, 조금씩 멈춰 볼 수 있을 거 같습니다. 이제야 나를 감추기 급급했던 가짜 싸움이 아니라, 나 자신을 부정하는 것에 맞서는 진짜 싸움을 해야 한다는 사실을 깨달은 것입니다.

맞아요. 전 너무나 많은 해골을 가진 사람입니다. 그리고 우리는 모두 저마다의 해골을 가지고 살고 있습니다. 그러니 더는 나의 해골을 부끄러워하지도, 다른 사람의 해골을 들추지도 말아요. 그것부터 시작해 봅시다. 자, 여기 내 해골들이 있습니다. 맘껏 구경해 보세요.

하, 참 딱하게도 이런 마음을 오래 유지하지는 못합니다.

비뚤어져 해골을 남에게 집어 던질 때도 있고, 의기소침해져 옷장 안에 꽁꽁 숨어 버릴 때도 있거든요.

이 또한 모두 저의 모습들입니다.

내가 만들 수 있는 유일한 내 편이, 나 자신임을 이제야 깨달았지만, 그 길은 여전히 요원하고 험난합니다.

이런 엉망진창인 내가, 과연 진정한 내 편이 될 수 있을까요?

당신은 어떠신가요?

당신의 해골을 보여 주실 수 있나요?

자존감을 믿지 마세요.

• 저도 영혼의 닭고기 수프 좀 먹어 봤습니다만⋯.

부모부터 가족, 친구, 동료 누구 하나 내 편이 없고, 이미 망쳐 버린 것 같은 인생. 그럼에도 희망을 가지고 싶은 당신은 어떻게든 버텨 보려, 베스트셀러 책들을 주문해 읽고, 유튜브 강의를 찾아보다 어느 순간 이런 깨달음을 얻게 됩니다.

"아, 이 모든 것이 내 '낮은 자존감' 탓이구나."

그리고 이 자존감을 끌어올리기 위해 알려진 방법들은 모두 시도해 봅니다. 자기 자신을 사랑하기, 남과 비교하지 않기, 성취감 끌어올리기, 낮은 자존감의 원인을 찾기 등등 수백 가지는 더 될 방법들을 전부 말이지요. 그러나 종국에 가서 언제나 직면하게 됩니다. 그 무엇도 소용이 없다는 뼈저린 현실을 말입니다.

아마, 적지 않은 분들이 이런 비슷한 과정을 지나왔으리라 생각합니다. 그리고 비슷한 생각을 합니다. 도대체 어디서부터, 무엇이 잘못된 것일까?

불과 얼마 전까지만 해도 저 역시 나의 모든 문제가 '낮은 자존감' 탓이라 믿어 의심치 않았습니다. 성인이 되고부터 근 20여 년간 들여다본 자료 대부분이, 하나같이 관계나 삶에서 문제를 겪는 근본적인 원인이 낮은 자존감이라며 갖은 증거와 논리들을 들이밀었던 것이지요.

처음에는 '영혼을 위한다는 치킨 수프'부터 시작했습니다. 따스하고 아름다운 일화들로 자신과 타인을 사랑하는 것이 얼마나 중요한지 마음을 달래 보았습니다. 잠시 속은 따뜻해졌습니다만, 그것뿐이었습니다. 이어 실제 임상 사례들을 근거로 설득을 하는 심리학이나 인문학책들을 읽기 시작했습니다. 아주 오랫동안 적잖은 힘이 되었지만, 그렇다고 낮은 자존감이 올라가지는 않았습니다. 뇌과학이나 양자물리학 같은 명확한 과학 이론들이 불신과 불만으로 가득 찬 나의 내면을 가라앉히는 데 꽤 도움이 된다는 노하우는 얻을 수 있었지만, 나의 자존감이라는 녀석은 도무지 꿈쩍도 하지 않았습니다.

결론을 말하자면, 기질로 타고난 혹은 성장 과정에서 만들어진 자존감이 바뀌는 기적 따위는 나에게 절대 일어나지 않았다는 것입니다. 여전히 예민하고 불안한 어릴 때 모습 그대로인 것이지요.

그런데 참 이상한 일입니다. 낮은 자존감은 그대로인데, 이것을 바라보는 나의 사고나 태도에는 꽤 유의미한 변화가 일어났습니다.

바로, 이전처럼 자존감에 집착하지는 않는 것입니다.

제가 공부하기로, 너새이얼 브랜든이라는 학자가 1969년 처음으로 개념을 명확하게 제시한 자존감은 '자신의 가치에 대한 평가에 기초하여 스스로를 존중하는 마음'이라 정의할 수 있다고 합니다. 즉, '나를 있는 그대로 좋아한다.'든가 '이 세상은 내가 만든다.' 같은 유아적인 것이 아니라, 그보다는 삶의 기본적인 도전에 대처하고 자신을 행복할 가치가 있는 사람으로 인식하는 어른스러운 자질에 가까운 것이라는 겁니다.

그런데 당시 자존감을 연구했던 학자들은 자존감을 성공의 매우 중요한 원인이라고 주장했고, 이후 '자존감' 즉 '자신'에 집중하는 것이 유행처럼 전 세계에 퍼졌습니다. 그리고 자본주의의 발전과 더불어 점점 높은 자존감만이 성공한 사람과 성공한 인생을 만든다는 식의 이론들이 과도하게 확산되면서, 우리는 오늘날처럼 자존감에 매달리게 되었습니다.

물론 건강한 자존감이 인생에 긍정적인 영향을 준다는 사실은 의심할 수 없습니다. 하지만 한 사람의 인생에는, 우리가 미처 깨닫지도 못하는 무수한 요소들이 얽히고설켜 있는데, 정말 높은 자존감만이 그 모든 것의 해답일까요? 높은 자존감이 무조건 다 좋은 걸까요?

1989년에 8개국 학생들이 참가한 수학경시대회가 있었는데, 여기서 미국 학생들이 가장 낮은 점수를 받았고, 한국 학생들은 가장 높은 성적을 얻었습니다. 그런데 학생들에게 자신이 수학을 얼마나 잘한다고 생각하는지를 물어보자, 예상과 달리 미국 학생들이 자신에게 가장 높은 점수를 준 반면, 한국 학생들이 가장 낮은 점수를 줬습니다. 수학에 대한 자존감이 수학에 대한 성취도와 역관계를 이루는 아이러니가 나타난 이 사례는, 높은 자부심이 도리어 현실을 정확히 볼 수 없게 한다는 예로 종종 인용된다고 합니다. 우리의 생각과 달리, 높은 자부심이 자만이나 나태로 이어지는 부작용을 초래할 수도 있는 것입니다.

태어나기 전부터 형성되기 시작하는 자존감은 쉽게 바꿀 수 없는 것이 자명한 사실입니다. 하지만 무조건 자존감이 높으면 좋고, 자존감이 낮으면 나쁘다는 사고 역시 명백히 잘못된 사실입니다. 신중하다, 겸손하다, 잘 배려한다, 공감 능력이 높다, 환경과 변화에 쉽게 적응한다, 준비성이 있다, 대비를 잘한다 등등 지금 당장 검색만 해 봐도 낮은 자존감의 장점을 수십 개나 찾을 수 있습니다. 마찬가지로, 오만하다, 공감 능력이 부족하다, 과신한다, 자기중심적이다. 등등 높은 자존감의 단점도 아주 많습니다.

다시 말해, 절대적이고 무조건적인 자존감이란 없으며, 동전의 앞뒤처럼 저마다의 장점과 단점을 모두 가지고 있다는 것입니다.

그뿐만 아니라 사람들은 자존감이 높은 사람은 항상 높고 반대로 낮은 사람은 항상 낮다고 오해를 하고는, 지레 겁을 먹으며 포기하고 좌절합니다. 제가 좋아하는 이론을 한번 엿볼까요?

브라운(Brown)과 마셜(Marshall)이란 학자들은 자존감을 전반적 자존감과 영역 특수적 자존감 그리고 상태 자존감으로 나누었습니다. 전반전 자존감은 자신이 살아온 삶 전반에 대한 평가의 의미 즉 자신을 아끼고 존중하는 정도를, 영역 특수적 자존감은 자신의 능력이나 특성이 드러나는 삶의 영역에 따라 자신의 자존감을 다르게 평가하는 것을, 상태 자존감은 일상의 일들로 달라지는 자기 가치감을 뜻합니다. 즉, 노래를 잘해서 음악 쪽으로는 자존감이 높은 편이라든가, 상사의 격려 한마디로 그날 하루는 자존감이 올라간다는 식으로 자존감은 우리가 알고 있던 것처럼, 절대적이 아니며 언제 어디서든 변할 수 있다는 것이지요.

그래서 저는 늘 자신에게 상기시키고 다짐합니다, 우리가 생각하는 그 '높은 자존감'은 이 세상에 존재하지 않는다. 자존감이 높은 사람도 어떤 일에 혹은 누군가의 한마디에 넘어지고 깨지며, 자존감이 낮은 사람도 얼마든지 자신이 꿈꾸는 목표에 도

달할 수 있다. 이처럼 하루하루 달라지는 자존감을 끌어안고 묵묵히 정성스럽게 살아가는 것, 그것이 인생이다. 이렇게요.

그러니, 나 자신을 '낮은 자존감'이라는 프레임에 가두는 행동을 우리는 이제 멈춰야 합니다. 그리고 '나는 자존감이 낮아서 할 수 없어'라는 잣대를 들이대는 대신, 좀 더 다정하고, 너그럽게 자신을 돌아보는 것입니다. 쉬워 보이지만 이 힘든 일을, 쓰러져 있는 자신을 일으켜 세우고 끌어당기는 일을, 우리는 어쩌면 평생 해야 할 수도 있습니다. 그렇게 언제나 현재를 살아 내야 합니다.

행복이 내가 살아온 삶의 결과로 오는 것처럼, 자존감도 나의 지난 삶의 결과입니다. 억지로 공부를 하고 훈련을 한다고 당장 올라가는 것이 아닌, 내가 살아가는 현재의 결과로, 앞으로 얻을 수 있는 것이 바로 자존감이라는 것입니다. 뻔한 이야기라 정말로 하기 싫지만, 지금 당장 내가 기분이 좋아질 수 있는 일을 하는 것, 그게 없으면 할 수 있는 일을 하는 것, 그것도 안 되면 해야 할 일을 하는 것. 그렇게 하루하루 나의 자리에서 한 걸음씩 내딛다 보면, 나도 모르는 새 자라 있는 것, 그것이 '자존감'이라고 저 또한 매일매일 잊지 않으려 애를 쓰고 있습니다.

　그러므로, 자존감을 믿지 마세요.

　그리고 지금 그리고 여기의 힘과 자신을 믿어 보세요.

　아주 오랜 시간과 노력이 필요할 테지만, 언젠가 증명이 될
것입니다.

　당신이 옳다는 것을 말이지요.

오늘 밤도 유령이 됩니다.

• 예민함 그리고 꼬리에 꼬리를 무는 생각 과잉, 불안, 우울

새벽 2시. 아이들 장난감인 작은 전등을 들고서는 집 안 구석구석을 조심스레 돌아다닙니다. 철 지난 옷 정리를 좀 할까, 음식을 해 놓을까 하지만, 아이들이 깰까 할 수 있는 일이 그다지 많지 않습니다. 책은 머리에 들어오지 않아 몇 번이고 잡았다 놓기를 되풀이했고, 그렇다고 영상을 보는 것도 썩 내키지 않아 베란다에 나가 멍하니 창밖을 바라보고는 다시 이리저리 헤맵니다. 그러다 부엌 유리문에 비친 내 모습에 내가 화들짝 놀라 무릎이 풀려 주저앉고 맙니다.

"유령이다."

이처럼 매일 밤 유령이 되는 저는 예민한 사람입니다. 상대방

의 언어, 비언어적 표현을 잘 알아채고, 완벽주의 성향이 있으며, 주변 자극에 민감하고, 자신만의 공간이 필요하고, 예의가 바르고, 관심 있는 일에 지나치게 집중하고, 걱정이나 고민이 꼬리에 꼬리를 물고, 감정 기복이 심하고……. 어느 하나 틀린 말이 없습니다. 그런데 '예민함'과 관련된 책들을 읽어 보면 예민함의 장점이 상당히 많습니다. 우리가 알고 있는 위인들 대부분이 예민한 사람일 정도로, 섬세하다, 꼼꼼하다, 감각적이다, 관찰력이 뛰어나다, 이해와 배려를 잘한다, 기억력이 좋다. 등등 장점들이 대단합니다.

그런데도 말이지요, 저는 제가 가진 수많은 특성 중에도 이 예민함을 제일 미워합니다. 제가 겪은 그 진절머리 나는 시련들과 예민함 중에서 하나만 없앨 수 있다면 주저 없이 예민함을 선택할 정도로 말입니다. 그 어떤 고난이나 시련도 그저 내 몫이려니 이를 악물고 버티면 된다고 생각했습니다. 하지만 이 예민함이라는 것이 언제나 불쏘시개가 되어, 나의 인생을 더욱더 시궁창으로 빠뜨려 버렸습니다.

오늘은 이 예민함을 흠 좀 보겠습니다. 예민함의 가장 큰 문제는 생각 과잉(정신적 과잉 활동)을 꼭 데리고 다닌다는 점입니다. '일상에서의 사소한 사고들이 꼬리에 꼬리를 물면서 머릿속 생각들을 통제하지 못하는 상태'를 의미하는 생각 과잉은 항상 불에 기름과 같은 역할을 합니다. 예민함이라는 불쏘시개에 기름을 부어, 작은 일도 엄청나게 큰 사건으로 만들어 버리는 것입니다.

예를 들어 볼까요. 학교 동창들을 만나 커피를 마셨다고 해 보겠습니다. 그런데 왠지 유독 A의 기분이 좋지 않아 보입니다. 예민한 나는 A의 표정이나 안색이 평소와 다르다고 캐치했습니다. 여기서 끝이면 좋은데, 안타깝게도 예민함의 단짝인 생각 과잉이 꼬리에 꼬리를 물며 온갖 섣부른 추측과 상상을 양산해 냅니다. '저번 모임에 안 나오더니, 집에 무슨 일 있나?', '유독 내 말에 표정이 어두웠어, 내 말에 기분이 나빴나?', '아니면 아까 급여 이야기할 때 반응이 없던데, 듣기 불편했나?', '다음에 만나서 다시 한번 살펴봐야겠어.', '나 때문은 아니겠지?' 분석부터 시작해 재단, 판단, 결론 등등 참으로 징그럽게 끝이 없이 이어집니다.

큰 문제에서는 사태가 더욱 걷잡을 수 없어집니다. 예를 들어 배우자가 금전 문제로 나를 속이고 신뢰를 저버리는 사고를 쳤습니다. 하지만 아이들을 생각해 나는 모든 것을 용서하고 덮고 살기로 결정을 내립니다. 죽도록 힘든 일이겠지만 신뢰를 다시 쌓아 보기로 마음을 먹은 겁니다. 그런데 이 예민함과 생각 과잉이 가족 전체의 삶까지 그냥 지옥으로 만들어 버리는 일이 벌어집니다. 누구나 그럴 수 있는 배우자의 사소한 행동이나 말을, '그 일이 있었으니까'라는 근거로, 점차 '절대로 용납할 수 없는' 사건으로 둔갑시켜 버리는 것입니다. '나한테 한 짓이 있는데 어떻게 그런 말을 할 수가 있어?', '또 나를 속이려는 것이 분명해.', '아이들 두고 맹세해 놓고 또 나쁜 짓을 하는 게 틀림없어.' 이렇게 불행의 화마가 눈앞에서 삶을 끝없이 덮치는데도 나는 멍하니 지켜볼 수밖에 없습니다. 예민함은 내 의지로 그만둘 수도 없는 참으로 끈질긴 녀석인 까닭입니다.

나는 분명 앞으로도 무수히 남은 많은 밤을 유령이 되어 떠돌 것입니다. 나의 예민함이 나도 두려울 때가 많습니다만, 이제는 나의 예민함과 그에 따라오는 생각 과잉, 불안, 우울 그 모두 평생 안고 살아가야 한다는 현실은 서서히 받아들이고 있는 중입니다.

저도 어떤 책 하나로, 어떤 방법으로 이 모든 것을 극복했다고 말하고 싶지만, 실은 전혀 그렇지가 못합니다. 많이 부럽기는 하지만 저의 것이 아님을 알고 있습니다.

그렇기에 더욱, 저는 한 발이라도 내디디고 싶습니다.

자신의 예민함과 생각 과잉을 인지하고, 폰이나 SNS의 활동을 줄이고, 스트레스를 잘 관리하고, 규칙적인 운동이나 명상을 하고, 오늘도 공부하며 받아 적고 있습니다.

그리고 어차피 남은 평생 안고 가야 한다면, 조금이라도 그 짐을 덜 무겁게 만드는 일, 그게 내가 지금 할 수 있는 최선의 일이라고, 틈만 나면 나를 다독입니다.

오늘 밤도, 저는 유령이 됩니다.

이왕이면 불안하고 불행한 유령이 아닌, 야무지고 즐거운 유령이 되고 싶어 이 글을 쓰고 있습니다.

어디 또 수정할 데 없나.

글이 맘에 안 들어.

다음 화는 어떻게 쓰지.

플라잉 요가가 인기라던데.

헬스장 등록부터 내일 할까.

반찬은 또 머 하지.

그 사람은 도대체 왜 그런 말을 하는 거야?

예민함을 없애는 방법 영상이 머가 올라왔나.

…… 오늘 밤도 이렇게 지나갑니다.

호랑이를 꿈꾸지 않는 고양이는 평화롭습니다.

호랑이를 꿈꾸지만 아무것도 하지 않는 고양이는 괴롭습니다.

호랑이를 꿈꾸면서 열심히 노력하는 고양이는 활력이 넘칩니다. 이 중 어떤 모습을 선택할지는 각자의 선택에 달려 있습니다.

〈나는 왜 남들보다 쉽게 지칠까, 최재훈, 서스레인〉

아름다움을 보지 못한 죄

• 삶이 제 것인지 아는 사람에게서만 스며 나오는 아름다움

    오늘도 잠들지 못하고 한참이나 뒤척이고 있습니다. 여느 밤처럼 몸은 피로로 가라앉는데, 마음은 잡념으로 떠다니고 있습니다. 눈을 감기 전 들여다봤던 SNS 속 이야기들이 나를 감싸며 뒤엉켜 있습니다. 자주 들여다보는 한 인플루언서가 추천한 유명 전시회가 아른댑니다. 티켓 가격이 만만치 않지만, 아이들에게 다시 없을 경험이 될 거 같아 아무래도 예매를 해야겠습니다. 다른 유명 방송인이 소개한 육아서도 장바구니에 담아 둬야지, 육아하는 모습을 보면 배울 점이 많아 그녀의 말에 신뢰가 갑니다. 올려놓은 육아 지식도 많이 와닿아 나중에 다시 읽어보려 캡처까지 해 둡니다. 맞다, 카드비가 얼마가 나왔더라. 경조사들이 많아 이번 달도 마이너스입니다. 비상금 통장도 바닥

인 거 같은데, 애들 학습지를 하나 줄여야 하나, 치과 치료를 다음 달로 미뤄야 하나, 머리가 지끈해집니다. 한동안 소식이 뜸했던 고등학교 동창이 카페를 차려 대박이 났다고 하네요. 머하고 사나 종종 궁금했는데, 반가우면서도 어느 한구석 씁쓸해지는 이 마음이 꽤 익숙합니다. 결혼 전 다녔던 회사 후배는 만날 때마다 퇴사한다고 투덜거리더니 최근에 승진했다는 소식을 올려놓았습니다. 어깨를 주물러 보고 관자놀이를 꾹꾹 눌러 봅니다. 몇 달째 책만 꺼내 놓고 있는 사회복지사 자격증을 이번에는 기필코 따야지. 그러다 나도 다른 공부를 해야 하나, 파트타임이라도 일을 찾아봐야 하나 이내 심란해집니다. 이 꼬리에 꼬리를 무는 생각들로 까마득해집니다. 뒤척이는 내 몸이 내는 소음이 꼭 시끄러운 내 속 같습니다.

　이러다 또 밤을 새우겠지요.
　아름다움을 본 죄의 대가를 치르는 것이라 믿었습니다. 아름다움을 아는 사람이라면, 아름다운 것을 보면 모름지기 설레고, 부럽고. 그러다 보면 자연스레 갖고 싶은 것이 아니겠는가. 나는 아름다움을 볼 줄 아는 사람이다. 다행으로 나는 시기나 하는 작은 그릇이 아니다. 부러우면 본받을 줄도 또 노력할 줄도 아는 사람이다. 그래서 바보같이 SNS만 들여다보는 중독자들과는 차원이 다르다고 젠체했었습니다. 고급 정보도 얻고 거기서 자극을 받아 도전도 하게 되니, 이것이야말로 SNS의 순기능이 아닌가. 그러면서 안 하던 운동을 하고, 추천해 주는 책을 읽고, 이름도 처음 들어 보는 영양제나 식품들을 주문해 먹어 보았습니다.

그렇게 반짝반짝 빛나 보이는 SNS 속 사람들처럼, 내 삶도 조금씩 어느 한구석 빛나는 것처럼 보였습니다.

그런데 어째서일까요. 어딘가 미묘하게 비틀린 기분이 곰팡이처럼 번져 갔습니다. 있어 보이고 폼 나 보인다고 믿었는데, 이상하게 메말라 가고 비틀어지는 느낌이 갈수록 짙어졌습니다.

공동구매로 구매한 화장품들과 옷들로 요즘 달라 보인다는 말을 자주 들을 만큼 나는 분명 예뻐지고 있었습니다. 겉모습뿐만 아니라, 선착순 한정 판매로 구매한 영양제들로 이너뷰티도 챙기는 것은 물론이고, 한 연예인이 한다는 플라잉 요가도 꾸준히 다니면서 건강에도 신경을 부쩍 쓰고 있습니다. 유튜브에서 추천하는 좋다는 강의들도 열심히 찾아보면서 소양도 쌓고 마음공부도 하려 부단히 노력합니다.

이만하면 괜찮지 않은가요.

이토록 나는 분명히 애썼는데, 나아가고 있었는데, 믿어 의심치 않았는데, 뭐가 어디서 잘못된 걸까요. 애초에 아름다움을 보지도 말았어야 했던 것일까요. 아니면 나의 것이 아닌 아름다움은 욕심내면 안 되는 것일까요. 잠 못 이루는 밤만이 차곡차곡 오래도록 쌓여 갔습니다.

그런데 말이지요, 실은 내심 알고 있었습니다. 살아오는 내내 이런 불편한 느낌을 안고 있었다는 것을. 돌이켜 보면 내 삶은 어설프고, 아등바등 어딘가 짠 땀내가 났습니다. 1등은 영원히 나의 것이 아니었습니다. 명문대를 꿈꿨지만, 지방국립대밖에 가지 못했고, 테헤란로 초고층 빌딩을 열망했지만, 근처 작은 사무실이 나의 한계였습니다. 나와 비슷한 환경의 비슷한 수준의 남자를 만나 결혼을 했고, 그것이 전부였습니다. 충분히 납득했기에 고만고만 만족하며 살았다고 생각도 했었습니다.

문득, 어느 고등학교 동창 친구의 결혼식에서 나의 민낯을 마주한 기억이 떠오릅니다. '나보다 공부를 못하던 친구였는데, 비서학과를 들어가 외모에만 신경 쓰면서 맞선을 그렇게 보더니, 의사를 만나 결혼까지 성공한 인생' 앞의 문장이 얼마나 치졸한지 알지만, 부끄럽게도 그게 당시 나의 명확한 감정이었습니다. 아닌 척, 다른 척 심지어 잘난 척 무던히도 애를 썼지만, 다른 사람은 몰라도 나는 나의 바닥을 알고 있었습니다.

기억하는 평생, 누군가를 은밀하게 흉내 내고, 교묘하게 샘냈던 것 같습니다. 삶이 제 것인지 아는 사람에게서만 스며 나오는 그 아름다움을, 나는 본능적으로 찾아낼 수 있었습니다. 남에게 보이기에만 급급한 삶을 살아가는 내게 없는 그 아름다움을 말이지요. 강남의 넓은 평수 아파트와 고급 외제 차, 입이 벌어지는 혼수 뒷이야기들로 테이블이 뜨거워지는 만큼, 나는 나의 얼굴이 뜨거워져 도저히 얼굴을 들 수 없을 지경이었습니다. 세속적인 것에 관심이 없다며, 그동안 내세웠던 나의 '체'들이 한꺼번에 정체를 드러냈습니다. 명문대에 갈 만한 실력이 안 됐으면서, 장학금 때문에 지방국립대를 간다는 겸손을 떨었습니다. 대기업에 줄줄이 낙방했으면서, 듣보잡 신문사의 기자를 있어 보이는 핑계로 삼았습니다. 조건도 고민이 되었지만, 용기도 자신도 없어 오랜 인연을 결혼 상대로 선택했습니다. 진정으로 원하는 선택이었냐 묻는다면, 답할 자신이 없습니다. 태어나서

단 한 번이라도 내가 진정으로 원하는 것이 무엇인지 자신에게 물어본 적이 있는지조차 모르겠습니다.

하, 적어도 친구는 자신의 원하는 것을 알고, 자신의 욕심에 아주 충실했습니다. 그에 반해, 나는 언제나 내가 가지고 있는 것의 가치는 알아보지도 못하면서, 내가 가지지 못한 것만 바라보고 있었습니다, 그토록 있는 그대로의 자신에 충실하지 못했습니다.

새벽 2시가 훌쩍 넘었습니다. 왜 갑자기 그 결혼식이 생각이 났는지는 모르겠습니다. 그렇다고 그날 이후 열등감에 휩쓸려 살아온 것은 아닙니다. 나의 욕망을 인정했고, 나의 현실을 파악했고, 나의 미래를 계획했습니다. 늘 내가 있는 자리에서 할 수 있는 최선을 다했다고 자부도 합니다. 그럼에도, 지금처럼 어느 한 귀퉁이, 공허함은 늘 그 자리에 자리 잡고 있습니다.

그렇게 하얗게 밤을 새우고, 어설프게 졸고 일어나 보니, 아이들은 벌써 거실에서 소꿉장난을 하고 있습니다. 오늘은 어린이집을 가지 않는 날입니다. 한숨이 절로 나옵니다. 정신을 차리자마자 핸드폰 메신저와 SNS부터 확인합니다. 봐야 할 내용이 있는 것이 아닌데도, 이젠 무서운 중독이 되었습니다. 간신히 몸을 일으켜 아침밥을 간단하게 준비합니다, 종일 아이들을 데리고 있어야 하니, 놀이터에나 가 봐야지. 말을 듣지 않는 것이 당연한 아이들에게 잔소리를 해 대며 씻기고 밥을 먹였습니다. 옷을 갈아입히고 문밖으로 나오는 데만도 식은땀이 한 바가지입니다. 엘리베이터에 비친 내 얼굴에 짜증이 잔뜩 묻어 있습니다. 너무나 낯익습니다.

그래도 놀이터 공원으로 나오니 포근하고 산뜻한 봄 내음에 기분이 절로 좋아집니다. 막 고개를 내미는 새싹들과 청명한 푸르름에 오랜만에 머리가 상쾌해지는 느낌입니다. 아이들도 덩달아 여기저기 나비를 쫓고 꽃을 만지며 신나게 뛰어다닙니다. 아이들을 뒤따르고 있는데 작은 아이가 나에게 달려와 네 잎 클로버를 발견했다며 건넵니다. 자세히 보니 세 잎 클로버와 다른 한 잎을 붙여 네 잎으로 만든 것입니다. 아이가 한 행동이 재밌어 물어보니, 엄마가 행복해지라고 자기가 일부러 네 잎으로 만들었다고 대답합니다.

그랬습니다. 그 순간…. 나는 나의 죄가 뭔지 알 거 같았습니다.

그것은 바로, 아름다움을 보지 못한 죄.

나는 내 것이 아닌 아름다움을 본 죄, 욕심을 낸 죄가 나의 죄라 여기며 살아왔습니다.

그런데 아니었습니다. 아이들의 말 한마디 그리고 놀이와 장난, 어슬렁거리는 산책, 남편과 주고받는 객쩍은 농담, 소란스러운 저녁 식사, 정신없는 기상 시간, 예상치 못한 기분 좋은 날씨, 정신없는 와중에 마시는 커피 한잔, 오랜 친구와의 수다, 급여 날의 외식, 엄마의 잔소리 등등, 이 소소하기 짝이 없는 그저 그런, 그렇지만 나밖에 가질 수 없는, 나만이 가진 이 귀한 아름다움을 보지 못한 죄. 그것이 바로 내가 지은 가장 큰 죄였던 것입니다.

슬프게도, 나는 아마도 나의 이 죄를 금세 또 자주 잊어버릴 것입니다. 하지만 이제라도 차근차근 나아가고 자라나면 될 것입니다.

나도 인생이 제 것인 줄 아는 사람처럼 반짝반짝 빛날 수 있다. 그렇게 정성스레 나를 끌고 가야지 다짐하고 또 다짐합니다.

하하, 그런데 기분 좋게 산책을 마치고 집에 와 보니 그제 밤에 SNS를 보며 주문한 택배가 아이들 키만큼 쌓여 있습니다. 반품도 안 된다 했는데, 어떡할까요?

'내 편을 가져본 적이 없다'라는 말을 가라앉혀 보면

• 내가 진짜 하고 싶은 말은….

여전히 숨기고 싶지만, 남들은 평생 한 번도 겪지 못할 고난 이랄까요, 저는 그런 일들을 꽤 거치면서 살아온 편입니다. 더구나 비뚤어진 자존감에 그런 티를 절대 내지 않고 '잘사는 척' 해야 했기에, 속으로 삭여야 했던 고통은 지금도 떠올리기 싫을 정도로 가혹했었습니다.

당시에는 다들 별 탈 없이 잘만 사는데 '왜 나만 이런 일을 겪어야 하나?', '내 인생은 왜 항상 이럴까?'라는 원망밖에 들지 않았습니다. 내 고통만 우주만큼 커 보여 정말이지 나를 제외한 모든 사람의 삶은 '티' 하나 없이 빛나 보이기만 해서 더욱 그랬던 것이지요. 친구, 남편, 부모, 신 가리지 않고, 막막히 원망해 대며, 그렇게 나를 하염없이 찌르고 할퀴며 결국엔 나의 삶을 지옥으로 밀어 넣었습니다.

그런데도 돌이켜 보자면, 기억이 나는 아주 오랜 시간 동안 어딘가 내가 고장이 났다고만 생각했지 '내 편이 없다'고는 생각하지 못했었습니다. 그저 좀 예민한 편인 데다, 언제나 비난이 먼저인 부모를 둔 탓에 자존감이 낮다고만 여겼을 뿐이었습니다. 그리고 공부를 시작하면서, 내가 어린 시절 수용 받지 못했던 성장 과정으로 자신의 '존재 자체'를 부정하게 되었으며, 그 영향으로 내 편을 가지지 못했다는 상처가 있다는 것을 알게 되었습니다만. 그런데 이때까지도 뭐랄까, 분노나 원망에 가까운 감정이었지 진정한 나의 감정은 전혀 알지 못했다고 할 수 있을 겁니다.

그나마 세월에 깎이고 깎여 저도 조금은 동그래져서일까요. 나의 몫을 이해하고 받아들일 수 있게 되면서 원망은 많이 사그라들게 되었습니다. 부모의 잘못도 있었겠지만, 엄마 때문에 만들어졌다 비난했던 나의 단점들이 상당 부분 예민하고 까탈스러운 타고난 나의 기질에서 나왔고, '그저 맞지 않았고, 그저 그렇게 되었다'라고 겸허히 받아들이는 부분들도 점차 생겨났습니다.

그래서였을까요. 평생 무신론자였던 제가 종교를 가지면서 처음 기도했던 내용은 '제발 고난을 겪지 않게 해 주세요.'가 아니라, '어떤 고난에도 무너지지 않게 해 주세요'였었습니다.

이때까지만 해도, '내 편을 가져본 적이 없다'라는 말은 그저 온전히 나 자체로 수용 받아 본 적이 없다는 의미 그 이상은 아니었습니다.

제 감정을 조금 투명하게 들여다볼 수 있었던 사건은 종교를 가지고도 나중의 일이었습니다. 바라지 않았다고는 하나 내심 하느님이 나를 봐 주길 바랐건만, 인생 최악의 사건들은 잊을 만하면 갱신되었습니다. 아, 이번에는 정말 버티지 못할 거 같다, 할 정도로 바닥의 바닥에 다다랐을 때 불현듯 그런 생각이 들었습니다. 나도 한 번쯤은, 떼쓰는 아이처럼 땅바닥에 털썩 주저앉아, 발을 둥둥 구르고 소리를 질러 대며, 누구의 시선도 개의치 않고, 펑펑 울며 모조리 쏟아 내고 싶다. '나 힘들어, 정말 정말 힘들어, 엄마, 그 사람이 나한테 무슨 짓을 한 줄 알아?, 나한테 어떤 일이 벌어졌는지 알⋯⋯?' 이렇게 말이지요.

그렇지만 엄마가 뭐라고 내 탓으로 돌릴지 또 남들 보기에 어떻게 잘사는 장녀처럼 보여야 할지 저는 무섭도록 잘 알고 있었습니다.

여태까지도 하지 못했고, 앞으로도 하지 못할 이야기들.

내가 어떤 일들을 겪었는지보다, 늘 속으로 삼키며 한 번도 내 속을 드러내지 못해 생긴 깊고 짙은 슬픔이 언제나 사무치게 스며들었습니다.

얼마 전 〈나는 왜 네 말이 힘들까〉를 읽으며 '감정인식명확성 연습표'라는 것을 해 보았습니다. 마음에 떠오르는 단어들로 자동적인 생각과 우리의 감정을 구별해 주는 연습인데, 이 표를 체크하면서 저는 당연히 '불안, 분노, 두려움, 억울함' 같은 감정들이 나올 거라 예상했었습니다만, 매우 놀랍게도 대신에 '외로움, 서운함, 슬픔'이 모두 그 자리에 있었습니다.

그랬습니다. 저는 자신을 아주 잘 모르고 있었습니다. 가면을 쓰고, 어떻게든 포장하며 살다 보니 나의 진짜 모습조차 모르고 살아왔습니다.

불안과 두려움에 그저 억척스럽고 모질게 살아왔다고 믿었지만, 사실은 오랫동안 외롭고 슬펐을 것입니다. 그런 낯선 나를 마흔 중반에 다다른 지금에서야 마주하게 되었습니다.

그렇게 저는 지금 '내 편을 가져본 적이 없어서'라는 글을 쓰며 여러분께 말을 건네고 있습니다.

'내 편을 가져본 적이 없다'라는 말을 가만히 가라앉혀, 거짓들이 씻겨 사라지고 투명하게 드러나는 모습을 지켜보면, 나에게는 '외롭다, 슬프다'라는 말이 나오지 않을까.

'나는 내 편을 가져본 적이 없어.'가 아니라 실은 '나는 아주 외롭고 슬픈 사람이야'라고 터놓고 싶은 게 아닐까,라는 진짜 마음속 이야기들을 말이지요.

자신의 마음속에 꼭꼭 숨겨진, 진짜, 진짜 하고 싶은 말은 무엇인지, 여러분은 알고 있나요?

자기 자신을 인정할 수 있는 근사한 사람은 타인도 그렇게 인정할 힘을 기를 수 있습니다. 인정은 밖에서만 주어지는 것이 아니라 자신의 내부에서 채워질 수 있다는 것을 기억해야 합니다.

〈나는 왜 네 말이 힘들까, 박재연, 한빛라이프〉

삶의 의미 말고, 지금 커피 한잔

• 과장되고 왜곡된 관념과 인지 오류가 인생에 미치는 영향

제가 힘들 때면 비타민처럼 꺼내 읽는 책이 바로 공지영 작가님의 책들인데요, 그중에서 〈딸에게 주는 레시피〉의 이 문장은 메모해서 지금까지 붙여 놓을 정도로 저에게 특별합니다. '우리를 힘들게 하는 것은 어떤 사건이 아니라 그 사건에 대한 우리의 표상이야. 가난이 우리를 힘들게 하는 게 아니라 가난에 대해 내가 가지고 있는 이미지가, 학벌이 나를 힘들게 하는 게 아니라 학벌에 대해 내가 가지고 있는 이미지가 나를 진정으로 힘들게 하는 거야.'

사실, 이 내용은 책을 두세 번째 읽었을 때야 그 진정한 의미를 비로소 이해할 수 있었습니다. 그만큼 저는 40대란 나이가

되기까지도 자신이나 삶에 대해 제대로 이해하지 못하고 있었다고 할 수 있었습니다. 뭐랄까, 묘하게 유치하고, 미성숙하고, 과장되고, 비뚤어져 있었다고 할까요.

그런 탓에, 오랜 시간 나의 삶을 힘들게 하는 것은 '남에게는 일어나지 않는, 나에게만 일어나는 불행한 사건들' 때문이라고만 분해하고 억울해했었습니다. 그런데 세월이 지나고서야 점점 또렷이 보이는 것들이 있었습니다. 그동안 사건 그 자체로 괴로웠던 것이 아니라, '이래야 한다.', '그러면 안 된다.', '그럴 것이다.', '안될 것이다.' 같은 나도 모르게 나를 지배하고 있던 수많은 사고가 나의 삶을 더욱 피폐하게 만들었다는 것을 말입니다.

이는 '고정관념' 혹은 '신념'이라는 또 다른 이름으로 표현할 수 있습니다.

'알고 있는 모든 사람에게 인정받고, 사랑받아야 해. 행복한 결혼 생활을 해야 가치 있는 삶이야. 좋은 직업을 가지고 있어야 인정받을 수 있어.' 같은 사고들이 대표적인 예들입니다. 그리고 이 세상에 있을 수 없는, 이런 비합리적인 잣대를 들이대고 삶을 마주하게 되면 인생은 당연히 괴롭고 힘들 수밖에 없습니다.

　흔히 말하는 좋은 직장에 들어가지 못했습니다. 실망은 하겠지만 다른 길도 분명히 있을 것입니다. 그런데 좋은 직장에 들어가야 성공한 인생이라는 잘못된 신념(혹은 내재하여 있던 이미지)들이 비집고 들어옵니다. 거기다 '성공 아니면 실패야, 다른 데도 취업 못 할 거야, 노력해 봤자 나는 안돼, 좋은 직장에 못 들어가면 사람들이 무시해, 나는 패배자야' 등등, 나도 모르게 이루어지는 과장되고 왜곡되고 군건하기까지 한 인지적 오류들이 더해지면, 어떤 선택들도 실패로 이어지고 삶 전체마저 지옥이 되고 맙니다.

　즉, 생각-감정-행동은 서로 밀접하게 관련이 있으며, 어떤 사건이나 상황 그 자체보다 '자신'의 주관적 해석과 인지 과정에 의해 더 큰 영향을 받을 수 있는 것입니다.

　평소 자신의 사고 회로가 무의식중에 얼마나 무섭고 잔인한 오류를 범하면서 우리의 삶까지 무너뜨리는지 스스로 체크할 수 있도록 심리학에서의 인지적 오류 대표 9가지를 정리해 보았습니다.

1. 흑백논리(이분법적 사고)

'성공 아니면 실패', 또는 '내 편 아니면 적'처럼 어떤 사건과 사물에 대해 중간의 의미를 생각하지 못하고 극과 극으로 모든 것을 해석하려는 사고.

2. 과잉 일반화

'문자를 씹었으니 모두 나를 싫어한다.'라는 식으로, 한두 가지 사건에 근거하여 일반적인 결론(일반화)을 내리고 무관한 상황에도 그 결론을 적용하는 오류.

3. 정신적 여과(선택적 추상화)

전체적으로 즐거운 모임이었는데 지인의 한두 마디 말에 모임을 망쳤다고 생각하는 예, 어떤 상황에서 일어난 여러 가지 일 중에서 선택, 일부적으로만 상황 전체를 판단하는 오류.

4. 의미확대와 의미축소(이중잣대)

어떤 사건의 의미나 중요성을 실제보다 지나치게 확대하거나 축소하는 오류.

예) 친구가 한 칭찬은 의미 없는 말이고, 지적은 친구의 진심

이라 받아들임

5. 개인화의 오류

자신과 무관한 사건을 모두 나와 연관 지어 잘못 해석하는
오류.

예) 지나가는 동료가 웃었는데, 나의 어떤 모습을 보고 비웃
었다 오해

6. 잘못된 명명

극단적이고 정당하지 않는 이름을 자신이나 타인에게 붙여
결과를 유도하게 만드는 오류.

자신이나 타인에게 '멍청이', '쓰레기', '또라이' 등의 과장된 명
칭을 부여하는 경우가 그 예.

7. 독심술적 오류

요즘 친구가 연락이 없는 걸 보니 나를 이제 싫어한다는 식으
로, 충분한 근거 없이 다른 사람의 마음을 마음대로 추측하고
단정하는 것으로, 오해, 잘못된 해석, 대인관계 갈등 등으로 이
어질 수 있다.

8. 예언자적 오류

충분한 근거 없이 미래의 일을 부정적으로 단정하고 확신하는 오류.

예) 미팅에서 거부당할 것이 틀림없다

9. 감정적 추리

충분한 근거 없이 내 감정이 근거가 되어 '그 사람을 만나면 기분이 찝찝한 거 보니, 나를 싫어하는 거 같다.'라는 식으로 현실을 왜곡한다.

자, 늘 자동적으로 이루어져서 무심히 지나쳤던 자신의 사고들에 얼마나 많은 오류가 있는지, 보이시나요?

저는 앞서 언급했듯이, 예민함과 생각 과잉이라는 기질을 가지고 있는 사람입니다. 거기다 저런 잘못된 신념이나 인지적 오류들도 더해지다 보니 정말 저의 머릿속은 처참하리만큼 엉망이었습니다.

지금까지도, 앞으로도 나의 기질과 특성을 받아들이고 안고 사는 방법들을 고민하고 공부하고 있고, 또 해야 한다는 것을 잘 알고 있습니다. 그런데 내가 가진 이 수많은 '고장'들은 어떻게든 안고 살아야 하겠지만, 이 잘못된 신념과 인지적 오류들은 무슨 일이 있어도 고치고 싶고, 버리고 싶다고 생각합니다.

자료를 찾아보면 우울증의 주요 원인이 되기도 하는 인지적 오류의 치료는, 머릿속에 떠오르는 자동적 사고를 의식적으로 검토하고, 주로 이뤄지는 인지적 오류를 인지하는 일이 무엇보다 중요하다고 합니다. 먼저 자신의 부정적 사고 패턴을 알아채는 일, 거기서부터 시작인 것입니다.

그런 다음, '삶의 의미'를 따지는 것보다, '지금, 여기'에서 할 수 있는 일, 해야 하는 일, 하고 싶은 일에 집중하는 것이 꼭 필요하고요.

세상에, 저는 얼마나 많은 잣대를 가지고, 나와 타인과 세상을 맘대로 재고 단정 지으며 살아온 걸까요.

'어른이라는 것은 어린 시절 그토록 부모에게 받고자 했던 그것을 스스로에게 주는 사람이다.'

　　　　　　　〈딸에게 주는 레시피, 공지영, 한겨레출판사〉

어린 시절, 아이의 실수에 너그러이 그럴 수 있다고 위로해 주는 어른이 되고 싶었는데, 아이의 작은 실수에도 자꾸 실패를 경고하는 어른이 되어 버리고 말았습니다. 왜 자꾸 까맣게 잊어 버리는지 모르겠습니다. 그래서 오늘도 저는 공부를 합니다.

암이라고 세상이 막 아름다워 보이고
그러지 않아요.

• 그럼에도 불구하고, 한 발 한 발 내디뎌야 하는 우리의 삶

한 3, 4년 전 무렵, 위암 판정을 받은 적이 있습니다.

이때의 경험이 나의 삶에 어떤 영향을 끼쳤나 한 번쯤 소회
하고 싶어, 글을 쓰다 지우다, 2년 전 한 웹매거진에 쓴 에세이
만큼 더 투명하게 쓸 자신이 없어, 먼저 그때 썼던 제 글을 올려
봅니다.

2년여 전, 난 위암 판정을 받았다. 이 단 한 문장을 쓰고 마감
일이 다 되도록 나는 한 글자도 쓰지 못했다. 드라마에서 나오
는 것처럼 암에 걸린 후 세상이 전부 아름답고 소중해 보였다며
신파적으로 쓸까. 아니면 닥쳐 보니 치사하게 비집고 들어오던,
슬프고 억울하고 원통했던 감정들을 통렬하게 풀어 볼까. 머릿

속으로 셀 수 없이 쓰고 지우고를 했지만 실은 그 어떤 말로도 당시의 나의 감정은 표현이 되지 않았다. 다 가짜였다. 소소한 일상 하나에도 우주보다 더 광활한 감정과 생각이 휘몰아치는 법인데, '죽음' 앞에서의 모습이 어떤 하나의 가닥으로 정리될 리 절대 없었다. 당연히 지금까지도 나의 감정들이 명확히 어떠했는지 여전히 설명할 수 없다. 그런데도 지나온 시간들을 돌이켜 보면 대강 이러하다.

나라에서 해 주는 무료 건강검진을 받고 위내시경상 이상 소견이 보인다며 3차 병원으로 가 보라는 이야기를 들었을 때만 해도 나는 전혀 의심치 않았다. 건강에 무심한 성격에다 평생 위가 아파 본 적도 없고, 가족력도 없어 설마 암일 거라고는 예상치 못했던 까닭이다. 그리고 의사 선생님에게 위암이라는 이야기를 들었던 순간을 떠올려 보면 음, 코끝이 한번 시큰하면서 눈물이 찔끔했던 것이, 전부였다. 굳이 풀어내자면 그동안 참 억척같이 살아왔던 자신에 대한 서글픔 플러스 남겨질 아이들에 대한 무한의 죄책감과 걱정 등등이 스쳐 갔다지만, 그건 찰나에 불과했고 정말이지 시큰, 찔끔 이게 다였다. 오열하며 의사에게 따지지도 캐묻지도 않았고, 가족들에게 전화로 알리며 주저앉지도 않았다. 그냥 의사에게 치료법과 다음 과정 그리고 보험이 되는지 물어보고, 간호사와 다음 예약을 잡고 수납을 하고 병원을 나섰다. 그리고 버스를 타고 집에 돌아왔다. 이때 내가 느낀 감정들은 무엇이었을까. 기억을 억지로 떠올려 보면, 슬펐다. 억울했다. 두려웠다. 그랬다. 스트레스 때문일 거라는 의사 선생님의 말씀에, 속 썩이던 사람들과 또 하나님이 원망스럽기도 했다. 나의 병이 아이들에게 해가 될까 예측 가능한 모든 상황이 염려되었다. 앞으로 어떻게 해야 할지 그동안 세웠던 자잘한 계획들도 모두 전면 수정해야 했다. 생각과 생각, 감정과 감정들이 태풍 속 파도처럼 끊임없이 내 온몸으로 들이쳤다. 그래서 오히려 진짜 같지 않았다.

겉으로는 평온했다. 소름 끼치도록 잔인하게 실감이 나다가도 마치 악몽을 꾼 것처럼 찝찝하면서도 또 아무렇지도 않았다. 그냥 평소처럼 집 안을 청소하고 밥을 준비하고 아이들을 돌봤다. 반듯하게 개어 놓은 빨랫감이나 해맑게 노는 아이들을 바라보다 문득, 내가 죽으면 어떡하지라는 두려움이 휘몰아칠 때도 물론 있었다. 하지만 이상하게도 이게 왠지 꼭 그래야만 할 거 같은 학습된 감정일지도 모른다는 의심도 항상 함께 스며들었다. 내가 느꼈던 진짜 마음과 감정들을 나 자신조차 알지 못했다. 그 어느 때보다 수없이 의심하고 고뇌하는 동시에 어느 순간 이 모든 것을 초월해 아무 생각이 나지 않을 때가 많았다. 당연히 주변 가족이나 지인들은 나의 태도나 감정들 (무관심 혹은 초연으로 보이는)에 대해 도무지 납득할 수 없다는 반응들이었다. 시간이 조금 지나서 이때의 나의 상태가 사실은 회피나 두려움이었을 거라고 어느 정도의 가늠은 해 봤지만, 이 또한 무의미했다. 파도가 물러가면 모두 흔적이 없어지듯, 무수한 감정들이 들고 나갔음에도 또 아무 일이 없는 것처럼 느껴졌기 때문이었다. 치료가 쉬운 암임에도 말기 암 진단이라도 받은 것처럼 울어대던 가족들과 친구들이었기에 병에 진지하지 못한 나에게 비난이 쏟아졌지만, 이 또한 오래가지 않았다. 전염이라도 되듯이 그들 역시 점점 나의 죽음에 익숙해져 갔다. 내가 말하고자 하는 것은 그들이 나를 진심으로 아끼고 염려하지 않았다는 의미 혹은 시간이 약이었다는 뜻이 아니다. 그 새털 같은 시간 동안 그냥 죽음 역시 우리 삶의 일부라는 진리를 직접 겪으면서, 자신도 모른 채 모두가 현실에 스며들고 있었던 것이었다.

이후로도 마찬가지였다. 갑자기 아이들이 어떤 미운 짓을 해도 사랑스럽고, 원망스럽던 부모님의 심정이 이해가 가고, 분했던 사건들이나 관계들이 모두 무의미해지는 기적 따위는 일어나지 않았다. 갑자기 철이 들지도 성숙해지지도 또 무한 긍정적이거나 부정적으로 바뀌지도 않았다. 가끔 설명할 수 없는 기분이나 감정들이 휘몰아치기는 했지만, 그냥 평소와 크게 다르지 않았다. 혹여나 세상에서 가장 크게 볼 수 있는 현미경을 가져와 들여다본다면, 아주아주 자세히 들여다본다면, 내가 조금은 성숙해진 거 같다는 생각은 가끔 들었다. 억울하고 분한 일을 당해도 전보다 조바심이 덜 나고, 상상치 못한 행운을 만나도 전후를 생각하는 차분함이 조금은 생긴 것 같으니까 말이다. 다시 말하지만 진짜 최고 성능의 현미경으로 봐야 할 만큼 아주 조금 말이다.

다행히 암은 치료가 되었다. 다른 곳에 전이될까 봐 계속 추적 검사도 해야 하고, 재발하지 않도록 외줄 타듯 조심해야 하지만 아무튼 현재는 괜찮다. 죽음이 또는 삶의 고난들이 유발한 감정들이 만든 블랙홀이 존재하는 우주에서 나의 작은 우주선은 유유히 표류 중인 것이다. 언젠가 빠지게 될까 두려운 블

랙홀이 어딘가에 있지만, 또 마치 없는 것처럼 나란히 살아가고 있다. 그렇게 폭우처럼 쏟아지는 운석을 만나는 날도 혹은 황홀한 오로라를 목격하는 날도 맞이할 것이다.

나는 가끔 이유 없이 울컥하기는 하지만, 여전히 부산스레 살림하고, 배달 앱을 한참 들여다보며 고민을 하고, 옛날 드라마를 틀어 놓고 낮잠을 잔다. 어색함에 우스개 농담을 건네고, 오지랖에 가까운 친절을 베풀고 또 그러다 투덜거리기도 인자해지기도 한다. 아이들에게 버럭 화를 내고는 잠들고 나서야 미안한 마음에 귓속말을 속삭이고, 가족들에게 짜증을 냈다가 아무일 없었던 척 전화를 건다. 변한 거 없이 모든 것이 예전 그대로다. 더 깊이 이야기하려면 어쩌면 참는지도 모른 채 삼켜 왔던 눈물이 왈칵 터질지도 모른다. 여기까지가 나와 암이 함께 한 동행(同行)의 짧은 기록이다.

글에서처럼 저는 지금도 별반 다르지 않은 생각을 하고, 생활을 하고 있습니다.

앞으로도 수없이 경험할 실패와 좌절에 항상 마음의 준비를 하면서도, 또 넌지시 내일을 기대하면서, 떠다니는 마음을 지금, 여기에 잡아 놓으려 발버둥을 치고 있습니다.

지겨운 소리 그만하라고 해도, 아무리 매번 실망하고 절망한다고 해도, 삶과 관계 그리고 자신에 대해 끊임없이 고민하고 끌어안고, 또 그렇게 나의 삶을 고물고물 지켜보려 애를 쓰고 있는 것이지요. 이렇게 글을 쓰는 이유도 궁극적으로는 매번 잊어버리고 같은 실패를 하는 나 자신을 다잡기 위함일 것입니다.

특별한 계기로, 사건으로, 시간으로 인생이 또는 자신이 확 달라지면 얼마나 좋겠습니까마는, 제가 살아 본 삶은 그렇지가 않더라고요.

생각지도 못한 따뜻한 눈빛 하나, 고맙다는 한마디, 반가운 표정, 어색하지만 진심이 담긴 손짓 같은 눈에 잘 띄지 않는 소소한 일상들이 삶 전체를 살아갈 만하게 만들어 주었다는 걸, 언제나 뒤늦게 깨닫습니다.

온종일 육아에 무심한 남편에, 독박육아, 무엇보다 오늘도 실망스러운 나 자신 때문에 가시 돋쳐 있었는데, 애들 재우고 라디오 들으면서 글을 쓰고 있는 이 한 시간이 또 내일을 버티게 할 힘을 줍니다. 유난히 오늘따라 졸려 30분도 안 될 거 같습니다만….

기대하지 않으려 애쓰지 마세요. 당신의 기대는 한 번도 죄였던 적이 없습니다. 그냥 순수하게 기대했던 것뿐이고 당신의 기대가 그대로 이루어질 거라는 믿음은 아무 이유 없이 성취될 때가 있고 아무 이유 없이 무너질 때가 있습니다. 기대는 죄가 없고, 당신도 죄가 없습니다. 그 냥 상황이 그랬을 뿐입니다. 당신에게 불행감을 가져오는 사건들은 많은 경우 운과 상황에 의해 좌우됩니다. 당신은 한다고 했습니다. 수백 번 무너져 내리는 마음을 일으켜가며 어떻게든 끝까지 했습니다. 당신이 모두 알지요. 운이 나빴을 뿐입니다. 주인공이 나였으면 좋았을 일이지만, 내가 아니면 안 되는 일 따위가 없는 것도 사실입니다. 그런 억지로 만들어 낸 가치가 아니더라도 당신과 나는 이대로도 충분합니다.

〈나도 아직 나를 모른다, 허지원, 김영사〉

그러니까, 내가 정신병자라고요?

• 마인드맵_모든 위로의 시작, '나 자신'을 안다는 것

경계선 성격 장애

자기애성 성격 장애

인정, 관계 중독

예민함

부모, 과거에 대한 원망

스트레스, 불안, 우울

바로 제가 가진 심리 혹은 정신적 증상들을 나열해 본 것입니다.

세상에, 내 편을 가져본 적이 없다는 것이 이렇게까지나 한 사람의 인격에 지대한 영향을 미치다니 놀랍지 않나요.

저는 작년부터 마인드맵을 그려 보고 있습니다. 그동안 읽어 왔던 자기계발서나 심리학, 인문과학책들을 단순히 정리하는 것보다는, 나를 기준으로 도식화해 보면(혹은 이미지화) 자신을 알아가는 데 훨씬 도움이 될 거 같은 생각이 들었던 것입니다. 그런데 맵을 그리면 그릴수록 내가 가지고 있던 문제들이 쉬지도 않고 툭툭 튀어나왔습니다. 그러니까, 나는 대부분의 심리적 증상을 가지고 있는 속된 말로 정신병자였던 겁니다.

그중 경계선 성격 장애의 특징을 좀 더 살펴보면, 버림받는 것에 대한 두려움이 있어 타인이 어떻게 생각하는지가 매우 중요하며 불안정한 정체성과 인간관계, 정서를 가지고 있다, 충동적이며 되풀이되는 자해(문자 확인 역시), 만성적 공허함과 빈번한 분노가 나타난다, 등이 있습니다. 정도의 차이만 있지 조금씩 저에게 해당이 되는 증상입니다.

자기애성 성격 장애도 마찬가지입니다. 자기에 대한 과대평가와 그에 상반되는 내면의 열등감 그리고 실패와 비판에 민감하고 공감 능력이 떨어진다, 등등도 나의 아주 밑바닥에는 어느 정도 그런 면을 가지고 있는 것 같습니다.

수용 받지 못했다는 열등감에 인정 중독이나 관계 중독도 당연히 있고, 부모나 과거에 대해 원망도 꽤 했던 편입니다.

더구나 기질까지 예민한 편이라 이 모든 증상이 한 번씩 증폭되면서 스트레스, 불안, 우울도 어느 정도 감당하며 사는 것도 같고요.

네, 여기까지만 보면 저는 그냥 정신병자입니다. 그런데 자신을 알기 위해 고민하고 공부하는 것이 중요한 이유가 여기에 있습니다. 자기에 대한 과대평가와 그에 상반되는 열등감, 단순히 이것만 보면 저는 바로 나르시시스트겠지만, 조금 더 깊이 공부해 보면 다른 이야기가 숨어 있습니다.

어릴 적부터 수용 받기 위해 겉으로 자신감이 있는 척, 과시적인 모습을 보이지만 내면에는 타인의 평가와 인정을 애타게 바라는 상처받은 아이가 있습니다. 이 아이는 오랜 시간 혼자 있다 보니, 제멋대로고 비뚤어졌지만 한편 불행하고 외롭습니다. 많은 것을 모르는 아이지만 달라져야 하고 바뀌어야 하고 고쳐야 한다는 것은 알고 있습니다. 아이는 고민하고 공부하면서, 있는 그대로의 나 자신을 인식하는 것이 제일 중요하다는 사실을 깨닫습니다. 나아가 자신과 타인 모두의 가치를 함께 이해하고 존중하는 방법을 배우려 노력합니다. 그렇게 아이는 자신을 갈고닦으면서 세상에 섞여 가고, 맞춰 가는 길들을 찾아 나아갑니다. 아이는 정신병자가 아니라, 그저 삶을 지켜 내고자 하는, 조금 느리게 자란 어른일 뿐입니다.

물론 저의 방법이 맞지 않을 수도 있습니다. 이 세상에는 우주만큼 무수한 사람과 또 그만큼 무수한 방법이 존재할 테니까요. 또 어쩌면 마음의 병을 치료한다는 자체가 환상일지도 혹 가능하다 해도 영원히 찾지 못한 채 헤맬 수도 있을 것입니다.

그럼에도, 있는 그대로의 나 그 자체가 약점 같아서, 내가 아닌 가면을 쓰고 살아가는 데 지치다 못해 모든 것을 그만두고 싶은 저는, 뭐라도 해 보고 싶습니다.

삐딱한 저는 내심 '있는 그대로의 나'를 알고 받아들이는 일이 불가능하다고 생각하고 있었는지도 모르겠습니다. '나 자신'을 온전히 알고 받아들일 수 없을지도 모릅니다. 있는 그대로의 내가 내 예상보다 훨씬 처참할지도 모릅니다. 정말이지, 다 모르겠습니다.

그렇지만, 설사 그 모든 것이 안 된다고 할지라도, 느리더라도 성실하게 그리고 포기하지 않고 '나'의 이야기에 정성스레 귀기울여 줘야 하는 일이 그 무엇보다도, 우선이고 고귀할 거 같다는 알 수 없는 확신이 있습니다. 그리고 적어도 그 시간 동안은 어쩐지 불행하거나 외롭지 않을 거 같다는 느낌도요.

　　저는 오늘도 '나'를 관찰하고 연구합니다.
　　저는 과연 '있는 그대로의 나'를 만날 수 있을까요.
　　당신의 마인드맵은 어떤 모습을 하고 있나요.

　　고독은 내 곁에 아무도 없을 때가 아니라, 자신에게 중요하게 여겨지는 것에 대해 소통할 수 없을 때 온다.

– 칼 구스타프 융

내 뇌가, 지금 내가 하는 말을 듣고 있다.

• 말하는 대로_말이 가지는 힘

이해가 되지 않는 것을 싫은 것이라 치부했던, 싫은 것이 그리도 많던 어린 시절, 저는 말을 예쁘게 하지 않는 사람이 유난히 싫었습니다. 사투리를 쓰는 지방에서, 몹시도 무뚝뚝하던 부모님에게 자라서 그럴까요, 단순히 나쁜 단어와 말투가 아니라 사납고, 날카롭고, 부정적인 어조의 말들. 남편과 결혼을 결정한 이유도 그 서울 특유의 온화한 말투가 한몫했다고 말할 정도였으니까요. 또 그런 배경 때문에 나의 기준에 '나쁜 말'을 하는 사람들을 내심 조소하고 비웃었습니다. 나만 고상한 척, 훌륭한 척, '이런 단어를, 이런 말을 쓰는 사람은 기본이 안 되었어.'라는 나만의 신념을 또 들이밀었던 것이지요.

나이가 들면서 인생이 점점 제멋대로 흘러가고, 뜻밖의 역경들이 정신을 차릴 수 없게 밀어닥쳤지만, 나름대로 자부심이 있었습니다. '그래도 나는 평생 남을 원망하면서, 발악하면서 자신을 끌어내리면서 인생까지 망치는 멍청한 사람이 아니다. 나락에서도 언제나 올라오려 안간힘을 다해 전력투구했다. 그렇게 나의 품위를 지켰다.'라고 말입니다.

그렇게 한 십여 년 정도 흘렀을까요. 아이들을 키우면서 더욱 훤하게 드러났습니다. 다른 사람은 몰라도 나 자신만은 소름 끼치게 느낄 수 있는, 어딘가 사납고 격해진 문장들, 묘하게 거슬리고 뒤틀린 어조, 은근하게 비관적이고 절망적인 말 사이의 표현과 태도들.

하, 저는 내가 그토록 혐오해 마지않던 나쁜 말을 쓰는 '그런 사람'이 되어 있었던 것입니다.

돌연 그 민낯을 마주하고 나니, 처음에는 나의 잣대가 나아가 타인과 세상에 대한 나의 이해심이 얼마나 편협하고 오만했는지 부끄러워졌습니다. 제가 막상 그렇게 살 수밖에 없는 사람이 되고 보니 말입니다. 그런데 한편으로 또 그런 생각이 들었습니다. 어쩌면 그토록 원망했던 누군가 혹은 사건만이 내 삶을 이렇게 피폐하게 만든 것이 아니라, 내가 그동안 내뱉은 말들과 태도들이 종국엔 자신에게 절망하게 되는 순간들을 만들어 버린 것이 아닐까, 그렇게요.

저는 올해부터 아침에 일어나자마자 확언일기를 쓰고 있습니다. 매일 긍정적인 확신의 말이나 목표, 다짐, 명언, 감사 일기로 자신을 돌아보는 확언일기의 효과가 생각보다 훨씬 좋아 앞으로도 꾸준히 할 계획입니다. 하루에 6, 7가지의 내용을 한 줄로 쓰는 식인데, 저 같은 경우 〈고운 말, 긍정적인 말을 쓴다〉가 항상 빠지지 않을 정도로 진정으로 '말'의 중요성을 체감하는 중입니다.

제가 요즘 심취해 있는 뇌과학 분야의 연구 내용들을 살펴보면 '말'이 뇌를 바뀌게 만든다는 전제는 그 누구도 반박할 수 없을 정도입니다. (수많은 연구에서 긍정적인 표현은 전전두엽 피질(정신적 의사결정과 관련된)을 활성화한다는 것을 보여 주었고, 반면 부정적 표현은 스트레스 호르몬인 코르티솔을 분비시켜, 불안감을 높이고 집중력을 떨어트려 방어적 태도를 취하게 한다고 합니다.) 이를 증명하는 연구 결과들도 수없이 많습니다.

- 말이 바뀌면 생각도 따라서 바뀐다.
- 말에 의해 몸의 모든 기관이 움직인다.
- 부정적인 말은 현실이 된다.
- 언어 습관이 삶의 행복과 불행을 결정한다.

그저 따분한 명언인 줄 알았던 이런 법칙들이, 모두 과학으로 증명된 사실이었던 겁니다.

그뿐만 아니라 우리가 무엇을 생각할 때, 뉴런에서는 뇌의 경로를 따라 전기적 자극을 보내는데, 이 과정을 통해 뉴런은 더 민감해지고 해당 경로는 강화된다고 합니다. 즉 긍정적인 말을 반복하면 시간이 지남에 따라 뇌에 긍정적인 생각을 하는 새로운 경로가 만들어지는 셈입니다. (마찬가지로, 부정적 말을 반복하면 나쁜 경로가 생길 수밖에 없겠지요.)

몇 달 전부터 저는 〈긍정적인 표현〉, 〈다양한 감정 표현〉 같은 목록을 프린트해 책상 앞에 붙여 놓았습니다. 처음에는 아이들 문해력 공부를 위해 시작한 일이었는데, 아이보다 저한 테 더 시급해 보였던 까닭입니다. 너무나 오랜 시간 '대단하다.', '그렇지 뭐.', '완전 좋으네.', '심란하다.', '우울하다' 등, 갓 10개도 안 되는 문장들로 나의 모든 감정을 표현하며, 단편적이고 편협하게 살아왔더라고요. 그렇게 나 자신을 세세히 살피지 못하니, 뭘 원하는지도, 뭘 해야 하는지도 모른 채, 그저 안달만 하며 되는 대로 살아왔는데 인생이 잘 풀릴 리가요.

내가 내뱉은 말이 결국 나의 인생이 된다. 아무리 생각해도 참 무서운 말입니다.

이제라도 깨달았으니, 내 뇌가 지금도 내가 내뱉는 말을, 심지어 나 자신에게 하는 혼잣말까지도 모두 듣고 있다는 사실을 언제나 상기하려 노력합니다.

안타깝게도, 매일 이렇게 공부를 해도 막상 아이들이 떼를 쓰거나, 관계나 상황이 삐걱거리는 거 같으면 배운 것들을 까맣게 잊어버리고, 습관처럼 부정적인 말들을 쓰레기처럼 뱉어 버리고 후회합니다만.

그래도 꾸준히 하다 보면 언젠가 달라지지 않을까, 오늘도 저는 이렇게 중얼거리며 연습해 봅니다.

"이건 네가 떼를 쓸 일이 아니야. 배우면 되는 거야. 모두 그렇게 배운단다. 이번에 좋은 것 배웠다 우리."
"내가 지금 하는 말이 당신한테 거북스럽게 들릴까 봐 내가 지금 약간 겁은 나지만, 당신이랑 더 잘 지내고 싶어서 당신한테 부탁하는 말을 하고 싶어."

가면을 벗을 수가 없어서

• 페르소나_가면을 쓰지 않는 사람은 없습니다.

아이 어린이집 엄마들과 모임에서의 저는 최대한 쓸데없는 말을 하지 않고 들으려고 하는 편입니다. 또 그러면서도 나의 이미지가 무게가 있었으면 하는 욕심에 단어나 태도 등 내심 평가나 시선을 신경을 쓰는 편이고요.

일을 할 때는 그 어떤 사소한 실수도 용납할 수 없어, '일 잘한다.'라는 평가를 꽤 듣는다고 할 수 있습니다.

어릴 적 친구들과 있을 때면, 실없는 농담을 하거나, 직언도 잘하며, 나의 본 모습을 자주 드러내지만, 30여 년 가까운 세월 동안 친구들은 제가 한 번도 화를 내는 모습을 본 적이 없다 입을 모아 말합니다.

반면, 친정 가족들과 있을 때는 하고 싶은 말 가감 없이 다 하고, 짜증도 분노도 제일 많이 표출하는 것 같지만, 어릴 적부터 들었던 '장녀는 이래야 한다.'라는 가르침 때문인지, 항상 장녀라는 진중함과 책임감이 어느 한구석 자리 잡고 있습니다.

남편과는 가족보다 더 오래 지내 더 편한 부분도 있음에도, 앞에서 언행을 꽤 신경을 쓰고 있습니다. 그럴 사람이 아니라는 것을 알지만, 이상하게 나의 잘못이나 치부가 드러나면 책잡히지 않을까 조금은 조심스러운 부분이 있습니다.

'엄마 같은 엄마'는 되고 싶지 않아서, 아이들에게 가장 인내심을 가지고 대하려 하지만, 아이들이 어떤 선을 넘을 때면 폭발을 하면서 바닥을 보이고 또 그리고 오랫동안 후회와 자책을 합니다. 대표적인 저의 가면들 모습입니다.

이 세상에 가면을 쓰지 않고 살아가는 사람은 없습니다. 제가 가지고 있는 가면도 이것 말고도 셀 수가 없을 정도로 많을 것입니다.

심리학에서 타인에게 비치는 외적 성격을 나타내는 용어인 페르소나(가면)는 인지하느냐 못하느냐(혹은 안 하느냐)의 차이만 있을 뿐, 사회생활을 하는 사람은 누구나 이 '페르소나'를 가지고 있다고 합니다. 상황이나 사람에 따라서 각각에 맞는 특정한 태도를 취해 타인에게 보이는 이상적 모습, 즉 '사회적 가면'들이 모든 사람에게 있는 것이지요.

그런데 상당히 많은 매체에서 페르소나를 마치 심리적으로 (혹은 정신적) 이상이나 문제가 있는 사람들이 가지는 증상처럼 묘사되면서, 저 역시 아주 오랜 시간 동안 부정적인 시각으로 페르소나를 대했습니다.

'나의 본 모습이 아닌 가면들은 벗어야 해.'

'자기 자신을 수용하고, 있는 그대로 좋아한다면 가면을 쓸 필요가 없지.'

'나약하거나 숨길 것이 있는 사람이 가면을 쓰는 거야.'

'내 가면들 뒤에 숨겨진 진정한 모습을 꼭 찾아야 해.' 이렇게요.

그러다 보니 항상 사회적 관계 속에서의 다양한 나의 모습들은 부정하고 비난하게 되고, 이는 또 다른 분노와 좌절로 자연스레 쳇바퀴 돌듯 이어졌습니다.

누구를 만나고 돌아와도 항상 어느 한구석 찝찝하고 불편한 감정들이 한참을 가고, 그러면서 그런 감정을 느끼는 내가 한편으로 한심하고 초라하고, 그렇게 점점 관계 맺는 것이 버겁고 힘들어지는 모습, 혹시 익숙하시나요.

물론 지나치게 과장되고 거짓된 페르소나를 자주 가지거나 자아와의 균형이 깨어지게 되면, 갈수록 모든 관계가 틀어지는 것은 물론 심각한 혼란을 겪으면서 우리가 익히 알고 있는 '정신 혹은 심리적 병'을 얻을 수도 있습니다. 남들에게 보여 주고 인정받기 위한 삶만 살다가 자신을 잃어버리고 삶까지 망치게 되는 것이지요.

'페르소나는 하나의 역할이자, 삶의 방식이다.'

그 때문에 페르소나는 개인이 사회적 상황에서 사용하는 가면이자, '자아를 보호하고 사회적 역할을 수행하는 중요한 도구'임을 이해하는 것이 그 무엇보다 중요합니다. '나'라는 한 개인이 사회에서 적절하게 기능하고 관계를 유지하는 데 있어, 매우 유용하고 필요한, 일종의 삶의 도구인 셈입니다,

그뿐만 아니라 한 사람이 자신의 진정한 감정, 생각, 가치관을 인식하고 이해하는 '자기 인식'을 꾸준히 하다 보면, 페르소

나와 자아와의 건강한 균형도 이룰 수 있습니다. 쉽진 않지만, 페르소나의 순기능을 이해하고 잘 활용하면, 오히려 인생을 긍정적인 방향으로 이끌어 줄 수도 있는 것입니다.

그리고 이렇게 글을 쓰고 있는 저와 그리고 이 글을 읽고 있는 당신이 지금 하고 있는 일이, 바로 '자기 인식'을 위한 노력의 한 예입니다.

그러니, 부디 자기 자신을 탓하지 마세요.
가면을 쓴 모습도 '나 자신'의 일부입니다.

약점을 가리고자 가면을 좀 쓰면 어떤가요. 당신은 그저 좀 더 잘하려고 최선을 다한 것뿐입니다.
가면이 벗겨지면 또 어떤가요. 사람은 누구나 실수를 하며 살아가고, 진짜로 사람들은 우리 생각보다 타인에 대해 그렇게 관심이 많지 않습니다.

가면과 자아가 똑같을 필요도, 자아를 몰라도, 자아가 그다지 멋지지 않다고 해도 다 괜찮습니다.

사람에게는 누구나 자신만의 우주가 있고, 나의 우주를 남에게 하나하나 설명하고 이해시킬 필요가 없습니다. 나의 우주를 무조건 수용하고 사랑할 필요도 없습니다. 그냥 나의 우주에서 하루하루 성실히, 가끔은 게으름도 피우면서, 또 숨기도 하면서 그렇게 떠다니면 됩니다.

오늘도, 저처럼 지난 모임에서의 내 모습이 맘에 안 들어, 이불킥을 하고 계신가요?

이것도 지나가면 기억도 안 날, 내 가면 혹은 모습 중의 한 티끌일 뿐입니다.

하루 이틀이면 또 잊어버릴 것이고 내일이면 우리는 또 다른 티끌 같은 고민을 끌어안고 있을 것입니다.

저는 이렇게 공부를 하고 마음을 다잡으며, 지금 글 쓰는 사람이라는 가면을 쓰고 있습니다.

다시 말하지만, 가면을 쓰지 않는 사람은 없습니다. 그것만 기억하면 됩니다. 그러니, 우리, 자신의 가면에 좀 더 너그러워져도 괜찮습니다. 정말, 괜찮습니다.

과학이 건네는 따뜻한 희망_양자물리학

• 가난한 마음을 가진 누군가에게

저는 10여 년에 가까운 시간 동안 시험관 시술을 8차례 한 경험이 있습니다. 이유 없는 난임과 또 이유 없는 유산이 연달아 이어지면서, 문자 그대로 그 어떤 말로도 표현할 수 없는, 절망에 서서히 잠식되어 버리더군요. 다른 사람은 쉽게 가지는 아이를 나만 가질 수 없다는 현실이, 어쩌면 나는 영원히 아이를 낳지 못할지 모른다는 비관이, 나의 인생만 왜 이리 가혹한가에 대한 원망이 나도 모르는 새 온통 나를 잡아먹어 버렸습니다.

그뿐일까요, 유독 좁았던 아줌마 사회에서 아이가 없다는 이유로 모임에서 소외가 되거나 뒷담화의 주인공이 되는 일들을 겪으면서는 자격지심에 점차 주눅도 들었었습니다. 따뜻하게 응원해 주고 위로해 주던 친구들은 저보다 늦은 결혼에도 먼저 출산을 하면서 제 눈치를 보며 말을 아끼기 시작했고, 저 역시 애써 태연한 척 굴어야 했습니다. 시험관이 실패할 때마다 제 탓 한 번 안 하고 괜찮다는 남편이었지만, '다음에 또 하면 되지' 라는 말이 도리어 제 탓처럼 옥죄어 왔습니다.

그렇게, 그렇게 서서히 그리고 조용히 저는 비뚤어져 갔습니다. 어떤 사이나 관계에서는 물론이거니와, 내가 바라보는 눈, 듣는 귀, 말하는 입 그리고 생각하는 마음 모두가 날카로워지고 거칠어졌습니다. 그렇다 보니, 그 어떤 것도 '있는 그대로' 받아들일 수가 없더군요. 그전에는 그토록 위안이 되었던 책이나 강의들이 어쩜 그리 위선적이고 거짓같이 들리던지요. 밑줄 긋고 보던 따뜻한 말 한마디가 오히려 날 선 상처로 돌아왔습니다.

그즈음 만났던 책이 〈왓칭〉이었습니다.

이 세상에 존재하는 모든 것은 '미립자'로 구성되어 있고, 양자 물리학의 '관찰자 효과'를 바탕으로 미립자뿐만 아니라 나아가 우리 삶까지도 바라는 대로 바꿀 수 있다는 내용을 담고 있는 왓칭은 저에게 그야말로 신선한 충격이었습니다.

물이 글자를 읽을 수 있을까?

저명한 에모토 마사루 박사의 실험을 보자. 한쪽 유리병
에는 물을 담아 '사랑', '감사' 등의 단어를, 다른 병에는
'증오', '악마' 등의 단어를 붙여 놓고 한 달 뒤에 입자를
분석해 보았다. 그 결과 '사랑', '감사' 유리병의 물은 반
짝이고 아름다운 형태의 결정체로 변해 있었던 반면, '증
오', '악마' 유리병의 물의 결정체는 기형적으로 일그러져
있었다. 물이 사람의 마음을 읽을 수 있는 것이다.

눈에 보이든, 보이지 않든 모든 만물의 최소 구성은 미립
자이다. 미립자들은 우주의 모든 정보와 지혜, 힘을 가진
무한한 가능성의 알갱이들이다(하이젠 베르크, 노벨 물
리학 수상자). 미립자는 실험자가 생각하는 대로 변하므
로(관찰자 효과), 미립자로 구성되어 있는 이 세상의 어
떤 만물 역시 내가 바라보는 대로 변할 수 있다.

어찌 보면 사실 같은 맥락일 겁니다. 긍정적으로 사고하고,
사랑하는 것에 집중할수록 고통과 괴로움이 점차 사라진다. 그
런데 마음 관련 책에서 몽롱하게 풀어 주던 이 사실들을, 과학

에서는 실험과 연구를 통해 증명을 하고 있는 것이지요.

내 편을 가지지 못하면, 더구나 나 자신조차 내 편이 되지 못하면 우리가 익히 알고 있듯이, 성격이 비관적이고 부정적으로 변하는 것을 넘어 인생 자체가 지옥으로 바뀌게 됩니다. 너무나 슬프게도 마음이 가난해지는 것이지요.

혼자 삐뚤어지는 것도 버거운데, 마음까지 가난해지면 그 누구와도 함께 걸을 수 없습니다. 자신만 바라보는 데 급급해 타인이 보이지 않고 또 나누지 않아, 한둘씩 모두 떠나가 버리는 것입니다. 그런 식으로 가난해서 나눠 줄 마음이 없는 건데, 또 갈수록 가난해지기만 하는 악순환에 빠지게 됩니다.

나이가 들수록 인생은 함께 걸어가는 것이라는 말이 와닿습니다. 혼자서도 야무지게 잘 사는 방법을 오랫동안 고민하고 공부했지만, 어찌 된 일인지 공부를 하면 할수록 깨닫게 되는 것은, 사람은 함께 살아야 한다는 것이었습니다.

세계적인 물리학자 리처드 파인만은 '이 세상에 양자역학을 이해하는 사람은 아무도 없다.'라고 단언했다고 하는데, 인생도 마찬가지라는 생각이 듭니다.

저 같은 아주 보통의 사람이 어떻게 양자물리학, 인생을 설명할 수 있겠냐마는. 죽을힘을 다해야 할지라도, 고물고물 애쓰고 노력하다 보면 우리의 생각도, 마음도, 인생도 조금은 달라질 수 있지 않을까, 그렇게 같이 살아가는 법을 알게 되지 않을까,라는 이치를 과학이라는 새로운 길을 통해 또 배워 가고 있습니다.

> 탄소는 자발적 대칭성 깨짐을 통해 사람이 될 수도, 흑연이 될 수도, 다이아몬드가 될 수도 있는 것이다.
>
> 〈일어날 일은 일어난다, 박권, 동아시아〉

저렇게 작은 미립자도 혹은 원소도 의지에 따라 변화할 수도, 환경에 따라 달라질 수도 있다면, 어쩌면 나도 다르게 살 수 있지 않을까, 어떻게 살아야 하는지 알 수 있지 않을까 묘하게 설레는 이 기분은 단지 저의 착각일까요.

제가 이해한 것이 제대로 맞는지조차 모릅니다.

그런데도 이 과학이라는 설렘을, 이 희망을, 그렇게 살 수밖에 없는 서글픔에, 차를 타고 바깥을 내다보다가도 혹은 늦은 식사를 꾸역꾸역 먹다가도 문득 울컥, 목이 메는 누군가와 함께 나누고 싶습니다.

저와 같이 과학책, 읽어 보지 않으실래요?

행복은 환경, 운, 머리가 아니라 상황을 바라보는 시각이 결정한다. - 루보미르스키 교수

〈왓칭, 김상운, 정신세계사〉

기도 같은 소리 하네

• 그럼에도, 저는 기도를 합니다

기도 같은 소리 하네, 야, 기도로 다 될 거 같으면, 가난이 어
딨고, 불행이 어딨고, 이 세상에 안 될 일이 어딨어. 왜 그 수많
은 사람이 매일 고통 속에서 살아가는데. 다 종교인들이 만들어
낸 헛소리야. 사기라고.

다름 아닌 제가 세상을 안다고 자만했던 시절, 기도를 권유하
던 친구들에게 목에 핏대를 세우며 내뱉었던 말들입니다.

그런데 참 우습게도 저는 지금, 기도를 하고 있습니다.
불교 집안이었고, 그마저도 신실하지 않아서 믿음에 대한 근
본적인 태도도 배우지 못했습니다. 또 기질이나 가족의 성향상,

비판적이고, 부정적이고, 염세적이기도 합니다. 그러다 보니, 10여 년 전 세례만 받았지, 신을 믿느냐고 묻는다면 여전히 머뭇거리게 됩니다.

오랜 시간 고난들을 겪다 보니 삶이 내 맘대로 안 되는구나, 인간을 넘어선 형언할 수 없는 힘 즉 신이라는 존재가 있겠구나 싶어 종교를 가지기는 했지만. 종교인들이 말하는 것처럼, 신이 나를 사랑한다는 것이 혹은 삶이 신의 은혜로 가득하다는 것이, 느껴지지는 않는 것이 정직한 마음입니다.

그런데도 저는 지금, 기도를 하고 있습니다.

기도한다고 내가 원하는 것을 들어줄 거라 믿지도 않고, 내가 바라는 대로 이루어질 거라 기대하지도 않습니다만, 기도를 하기까지의 한 사람의 희망과 노력, 간절함과 정성 그 긍정적인 에너지가 모이다 보면 어느 찰나라도 안녕과 행복으로 돌아올 것을 알고 있습니다. 아주 미약할지라도 마음을 평안하게 하고 정신을 풍요롭게 하고 삶까지 변화시키는, 그런 강력한 힘이 기도에 있을 거라고 말이지요.

그럼에도 불구하고, 어쩌면 또 어느 날, 저는 더는 기도를 하지 않을 수도 있습니다.

이렇게 애가 타도록 간절하게 기도를 하는데도 들어주지 않는다고, 이뤄지지 않는다고 원통해하고 절망할 수도 있기 때문입니다. '온 세상에 되는 일도, 내 편 하나도 없는데 기도는 무슨,'이라고 사납게 따지면서요.

그러면 저는 가장 절실했을 때에 했던 기도의 시간들을 가만히 떠올려 볼 것입니다.

상상도 못 할 고통에 아무리 안간힘을 써도 빠져나갈 구멍이 안 보이는, 그런 지옥 한가운데에서 했던 기도. 그저 할 수 있는 것이 기도밖에 없어, 그저 빌고 빌었던, 보이지 않는 희망을 붙들고 간신히 이어 갔던 기도. 그리고 끝끝내 단 하나도 이루어지지 않았던 기도. 그런데도 다 지나고 나서 돌아보니, 왠지 모르게 다 이루어진 거 같이 느껴졌던 그 기도.

그랬습니다. 진짜 이거 하나만은 꼭 들어주세요, 빌고 빌었으나 그 하나조차 이루어지지 않았을 때는 몰랐습니다. 끝이 없는 동굴인 줄 알았는데, 요원한 한 터널이었음을 간신히 알게 되었

을 때, 가만히 뒤돌아보니…. 그렇게 되려고 그랬구나, 그럴 수
도 있었구나, 그래도 다 지나가는구나, 그리고 그렇게 단단해졌
구나, 하고 나도 모르게 고개를 끄덕이게 되는 순간이, 어느 찰
나가, 슬며시 그리고 아련하게 오더라는 것을 말입니다.

> "첫 번째 화살은 우리가 어찌할 수 없이 맞을 수밖에 없
> 는 고통이고, 두 번째 화살은 첫 번째 화살을 맞은 뒤 우
> 리 스스로 만들어 내는 정신적 고통입니다. 첫 번째 화살
> 을 맞은 그 자리에 두 번째 화살이 꽂히면 아픔은 두 배
> 가 아니라 열 배로 커집니다. 그러므로 우리의 상상과 염
> 려로 두 번째 화살이 날아와서 우리를 해치도록 내버려
> 두어서는 안 되겠지요."
>
> 〈기도의 힘, 틱낫한, 불광출판사〉

이렇게 말하고 싶지 않지만, 저의 경우에 삶이 고난의 연속임
은 분명했습니다. 그리고 고난 그 자체보다 스스로 만들어 내는
고통이 훨씬 더 거대했고, 그 속에서 허우적대느라 그 무엇도
제대로 보지 못했습니다.

그런데도 살아나갈 힘을 얻을 수 있었던 것은, 더 나은 선택

을 하고 싶은, 더 나은 사람이 되려는 나의 바람이 분명히 자신을 좋은 방향으로 이끌어 주기 때문일 것입니다.

그래서 저는 기도를 합니다. 집중하는 마음이 겨우 잠시에 불과하더라도, 그 잠시를 조금씩, 조금씩 모아, 숨을 쉬고, 눈을 뜨고, 그나마 조금이라고 더 나은 길을 찾아가기 위해서입니다.

지금도, 기도의 힘을 믿는 것인지 확신하지는 못합니다.
이 글을 쓰는 지금도, 저는 내 안의 불안과 불신으로 싸우고 있습니다.

그럼에도 불구하고, 저는 기도를 하고 싶습니다.
아무도 찾지 못하는 실낱같은 희망에라도, 저는 모든 것을 걸어 볼 것입니다.
넘어져서 울기만 하기보다, 흉한 모습이더라도 어떻게든 나를 일으켜 버텨 보고 디뎌 보는 것, 그것만으로 저는 이미 충분히 잘하고 있는 것일 겁니다.
그래서 저는 지금, 기도를 하고 있습니다.

걸으며 하는 기도

마음은 만 갈래로 흩어지지만

그래도 이 아름다운 길,

평화로이 걷고 있네

발걸음마다 서늘한 바람 한 줄기,

발걸음마다 한 송이 꽃,

〈기도의 힘, 틱낫한, 불광출판사〉

생후 508개월 10일

• 나의 몸을 아기처럼 돌보다

'내 몸의 일기를 쓰려는 또 다른 이유는, 모두들 다른 얘기만 하고 있기 때문이다⋯ 감정, 느낌, 우정과 사랑과 배신의 이야기, 끝도 없는 변명들, 남들에 대해 생각하는 바, 남들이 자기에 대해 생각한다고 믿는 바, 여행 갔다 온 얘기, 읽은 책 얘기 등등. 그러면서 자기들의 몸에 관해선 결코 얘기하는 법이 없다⋯ 난 오늘 내가 쓴 것이 50년 뒤에도 같은 의미를 갖고 있길 바란다. 정확히 같은 뜻!'

<몸의 일기, 다니엘 페나크, 조현실 옮김,
문학과지성사, 2015>

〈몸의 일기〉는 10대부터 80대까지 한 사람의 몸에 대한 충실한 기록을 담은 책으로, 오로지 '몸'에 대한 내밀한 이야기를 통해 전 생애에 걸친 우리 삶의 애환까지 엿볼 수 있는 제가 매우 아끼는 책입니다.

이 책을 따라 저도 몸의 일기를 써 보고 싶단 생각을 한 것은, 비단 아주 통감하며 책을 읽은 까닭만은 아니었습니다. 저 역시 40대가 되면서 크고 작은 질환들이 온몸을 덮쳐 오면서, 지금까지 중요시해 왔던 마음, 정신, 타인, 인생 등에 대한 쳇바퀴 같은 답 없는 고민들이, '내 몸은 건강할 거'라는 근거 없는 자만이 뒷받침해 줬기에 가능했으며, 더불어 실은 그렇게나 중요한 문제들이 아니었다는 것을 뒤늦게야 절실히 깨닫고 있기 때문이었습니다. 다 알고 있다 자만했었는데, 아프고 나서야 아는 것을 넘어 깨닫게 된 것이지요.

어째서 저는 그토록 평생 나의 몸에 무심하고 매정했을까요. 부끄럽게도 저는 자기 몸을 챙기는 사람을 1차원적이라 속으로 조소하며, 지금은 기억도 안 나는 누군가의 시선이나 나의 기분 또는 인생의 의미 따위를 연구하는 데 거의 모든 삶을 할애했습니다.

그것밖에 안 되던 저는 "밥은 먹었냐?, 뭐하고 먹었냐?, 뭐를 먹어야 좋다더라."라며 평생 밥 이야기만 하는 엄마에게 늘 이렇게 쏘아붙였습니다. "밥 한 끼 안 먹는다고 안 죽어!" 저는 내 말이 다 맞다고 믿어 의심치 않았지만, 참으로 어리석었었습니다. 나의 엄마가 무지하다고 비웃었지만, 실은 엄마가 훨씬 현명했었습니다. 몸이 건강해야 정신이 건강하다. 몸을 가꾸고 소중히 하는 가장 기본의 생활이 바탕이 되어야, 그 어떤 다음 것도 잘할 수 있다. 이런 너무나도 귀중한 이치를 엄마는 알고 있었지만, 저는 줄곧 모르고 있었던 것입니다.

이제야 몸이 하는 이야기가 조용히 그리고 깊숙이 들려옵니다. 나의 몸은 가공식품이나 밖의 음식이 들어가면 바로 반응해 피부에서 나타납니다. 매일 한 끼는 먹던 밀가루 음식을 이젠 먹을 수 없어 슬픕니다. 몸에 염증이 많아 찬 음식이나 평생 애정하던 맥주도 들어가면 온몸이 아파집니다. 최근에는 뜨거운 차를 마시는 습관을 들였는데 뼛속까지 따뜻해지는 느낌이 참 좋습니다. 혈액순환이 잘 안돼서 림프샘 위주로 괄사를 하는데 효과가 훌륭한 것 같습니다. 아침에 애들 등원하면서 하는 산책 때 마시는 상쾌한 공기는 몸뿐 아니라 마음조차 모두 달래 주는 느낌입니다.

태어난 지 508개월 즈음이 되어서야, 저는 비로소 내 몸의 이야기에 귀를 기울이기 시작했습니다. 요즘 전해지는 몸의 아주 세세한 움직임, 모습, 반응 등등은 신생아가 자기 손을 또 세상의 소리를 신기해하는 것과 다르지 않습니다. 살아온 만큼 살아갈 날들이 새털 같다. 이제라도 그 이야기를 끝까지 그리고 귀하게 들으면 된다, 그렇게 믿고 몸의 일기를 쓰고 있습니다. 저는 과연 생후 몇 개월까지 쓸 수 있을까요?

〈508개월 10일〉

최근 1년 가까이는 체력이 급격히 떨어져 낮에 잠깐이라도 졸지 않으면 생활이 되지 않을 정도이다. 얼마 전 몇 년 만에 나간 고등학교 동창 모임에서는 졸기까지 했으니까.

눈은 노안이 심하게 와서 렌즈는 이제 아예 착용할 수 없다. 아이들이 엄마를 그릴 때 안경을 꼭 같이 그린다. 이젠 내 신체의 일부가 된 것 같다. 하지정맥류로 오른쪽 다리에는 문신 같은 큰 핏줄이 올라와 있다. 큰아이는 신기한지 자주 궁금해하고 만져 본다.

얼마 전 한 건강검진에서 특별한 질환이 발견되지는 않았으나, 전반적으로 모두 평균 이하란다. 서너 달 움직일 때마다 고통스러운 어깨 통증은 근육주사를 몇 번을 맞아도 소용이 없다. 자주 씁쓸해지는 요즘이다.

최근 내가 가장 자주 내뱉는 말은 '어떻게 이런 몸으로 40여 년을(평균 수명을 80세라고 했을 때) 더 살아가지?'이다.

맙소사, 지난 40년 동안 나는 내 몸을 어떻게 대한 걸까?

나는 이제 태어났다. 앉지도 못하고 눈도 채 뜨지 못하지만, 이런 꿈을 꾼다. 진짜. 가짜도 아니고 그런 척을 하는 것도 아닌, 몸과 마음이 모두 진정으로 '건강'한 내가 되는, 그런 꿈 말이다.

〈712개월 27일〉

봄이다. 일어나자마자 이제 자면서도 외울 스트레칭과 유산소 운동을 간단하게 하고 명상도 했다. 그리고 아침으로 냉이 된장찌개를 끓여 먹었다. 어제 쪄 놓은 두릅과 고추장에 구워 놓은 더덕도 곁들였다. 저녁에는 요즘 제철인 주꾸미를 쪄서 먹을 생각이다. 운동과 식사에 집중하니 온몸과 정신이 모두 즐겁다. 여전히 부족하지만, 몸이나 음식뿐만 아니라 그 순간(順間)의 감정, 주변, 생각까지 느끼고 수용하기 위해 노력한다. 40대 중반에 요리를 다시 배운 건 암만 생각해도 잘한 선택이었다. 만약 그때 아프지 않았더라면, 뻔한 솜씨에 가족들에게 항상 변변찮은 음식을 먹이면서도, 하등 쓸모없는 신변잡기나 정보들을 기웃거리며 귀한 시간을 허비했을 것이다. 그 모든 과정과 선택들이 있었기에 제철 식재료로 음식을 만들어 먹는 일이 단순한 식사를 넘어, 몸과 마음 그리고 나를 둘러싼 생활과 사람들을 풍요롭게 하는 일이라는 것을 깨달을 수 있었다.

생전 먼저 전화하는 법이 없는 아이들에게 안부 전화를 했다. "밥은 먹었어?"라는 나의 물음에 "엄마는 밥 이야기 말고는 할 말이 없어?!"라며 톡톡댄다.

'밥은 먹었어?'라는 말에 그냥 식사 여부가 아닌, 내 모든 것을 주어도 아깝지 않은 사랑하는 너희의 몸의 건강과 마음의 안녕이 궁금한 엄마의 마음이 담겨 있다는 것을, 아이들은 아직 모른다.

내가 내 엄마에게, 그리고 내 몸에게 그랬던 것처럼 말이다.

마약보다 끊기 힘든, 인정 중독

• 수용 받지 못했다는, 지워지지 않는 슬픔

머릿속이 항상 생각의 꼬리와 꼬리들로 뒤죽박죽이 되는 일은, 기억도 안 나는 아주 오래전부터입니다. 어떤 내용이었는지 당연히 지나고 나면 거의 잊어버리지만, 다사다난했던 30대 중반 이후부터는 비교적 비슷한 내용이라 잘 알고 있습니다.

바로 제가 한 행동이나 말들에 대한 설명, 변명, 합리화 같은 상상들입니다.

오랜만에 만난 지인에게 '살이 많이 빠졌네?'라고 물었습니다. 내 느낌에 지인이 당황해하며 '그냥 운동 좀 했어.'라고 대답합니다. 지극히 평범한 대화입니다. 하지만 '지인이 당황한 거 같은' 느낌에 꽂힌 나는, 혼자서 그 상황에 대한 설명을 늘어놓기 시작합니다. '그냥 더 이뻐진 거 같아 한 말인데, 친구가 기분 나빴나?', '그런 뜻이 아니었다고 문자를 보내야 하나?', '문자는 오버야. 다음에 만나면 자연스럽게 칭찬하면서 그런 의도가 아니었다고 넌지시 알려 줘야겠어.'

내가 책임지는 한 작업이 중간 관리자의 실수로 조금 늦어졌습니다. 결과적으로는 모두 잘 정리가 되었고, 굳이 다시 해명할 필요가 없는 일인데도, 어느 한구석 찝찝한 마음이 든 나는 상사에게 나의 실수가 아니었음을 설명하는 상상을 반복합니다.

흔히 알려진 것처럼, 저 역시 SNS를 통해 과도하게 자신을 과시하거나 혹은 반대로 비난과 공격을 가하는 행동이나, 아니면 자기희생, 완벽주의자 같은 유형만 인정 중독이라고 알고 있었습니다. 또한, 인정에 대한 욕구는 인간의 기본적인 욕구로 부정적이거나 나쁜 것이 아니며, 잘 이해하고 올바르게 채워 성장의 밑거름으로 만들어야 한다, 고 공부했고 그렇게 되기 위해 노력했습니다.

그런 까닭에, 그저 더 잘하려다 보니, 소심해서 혹은 예민해서 내가 하는 행동이나 말을 되씹는 줄만 알았지, 이 또한 인정 중독의 대표적인 증상이라고는 상상도 못 했었습니다.

돌이켜 보면 어릴 적부터 칭찬은 고사하고, 작은 일에도 혼이 나기 일쑤였습니다. 당연하지만, 자신을 합리화하는 행동은 주양육자(부모)로부터 인정받기 위해(다른 말로, 혼나지 않기 위해) 할 수밖에 없었던 자기방어의 흔적입니다. 시간이 지나면 그 흔적이 옅어질 줄 알았는데, 어찌 된 일인지 지금까지도 계속 다른 생채기들을 만들어 내고 있었습니다.

참, 내 편을 가져본 적이 없다는 아픔이 이렇게나 평생의 슬픔이 될 줄은 몰랐습니다.

나 자신을 인정하고 사랑하는, 이 가장 당연하고도 소중한 일의 기준이 내가 아니라 타인에게 있어, 오로지 타인의 인정을 통해서만 나의 가치와 존재를 확인할 수 있다는, 슬픔 말입니다.

저에게 있어 그 끊기 힘들다는 마약보다, 더 끊기 힘든 일은 타인의 인정을 바라는 일인 듯합니다. 누군가는 쉽다고 말하지만, 못 하는 사람은, 못 하는 일이 있는 법입니다. 마치 숨을 쉬고, 눈을 감는 일처럼 나도 모르는 새, 타인으로 자신을 채우며 살아온 사람에게는 말입니다.

그리고 이 별거 아닌 것처럼 보이는 평생의 작은 습관이 자신의 삶 전체를 갉아먹고 있다는 것을 알면서도, 끊어 내지도 못하고, 또 마약처럼 타인의 인정을 갈구하며 결국엔 내 삶을 살아가지 못하게 됩니다.

이처럼 내 삶을 살지 못하고 있는 나라서, 나이를 먹을수록 이 인정 중독을 고치고 싶은 마음이 점점 강해집니다. 언젠가는 그 어떤 것에도 지배당하지 않고 유연하게 살아가는 길을 찾을 수 있을까요?

인정 중독을 치료하는 첫 번째 단계가 자신을 객관적으로 이해하는 일이라고 하는데, 이미 저는 심각한 중독 상황이라는 사실을 인지하고 있으니 그래도 다행인 걸까요.

아마 절대 쉽지 않을 여정일 것이며, 어쩌면 평생에 걸쳐 애써야 할 일일 것입니다.

자신을 돌보다 보면 자신의 가치에 대해 확신을 가질 수 있게 되고, 그러다 보면 어느 날엔가는 타인까지 사랑할 수 있는 사람이 될 수 있다고 하는데, 사실 지금은 잘 모르겠습니다. 어떻게 하는지도, 할 수 있을지도요.

그럼에도, 제일 되고 싶은 사람은 있습니다. 어떤 선택을 하든, 어떤 결과가 나오든 자신의 삶을 묵묵히 살아 내는 사람 그래서 내가 하는 모든 말과 행동들에 타인의 이해와 인정을 바라지 않는, 그런 단정하고 단단한 사람 말입니다.

이 글을 쓰면서도, 온통 머릿속으로 아이가 오늘 해 달라는 놀이를 해 주지 못한 핑계를 대고 있고, 지난 주말 시부모님께 전화를 못한 이유를 설명하고 있고, 어떻게 하면 글을 잘 쓴다는 말을 들을 수 있을지 고민하고 있는,

이토록이나 타인의 인정을 바라고 있는 저는,

과연 그런 사람이 될 수 있을까요.

정말이지 무서운 인정 중독입니다.

그토록 미워했던 엄마가,
치매판정을 받았습니다.

• 끌어안을수록 점점 자라나는 미움

저는 아주 오랜 시간 동안 엄마를 사무치도록 미워했습니다.

항상 화가 나 있던 사람.

우울했던 사람.

냉정한 사람.

이기적인 사람.

사랑을 할 줄 모르는 사람.

사랑을 받지도 못하는 사람.

칭찬을 하지 못하는 사람.

위로도 하지 못하는 사람.

비난과 힐난이 대부분인 사람.

원망으로 평생을 보내는 사람.

성숙하지 못하던 사람.

고집과 아집만 부리던 사람.

그렇게 자신조차 돌보지 못하는 사람.

한때 연을 끊었던 사람.

같이 있으면 남보다 서먹한 사람.

그리고 평생 내 편을 가져본 적이 없다고 여기게 만든 바로 장본인인 사람.

그런 사람, 나의 엄마가 얼마 전 치매 판정을 받았습니다.

엄마를 미워하는 이유가 셀 수조차 없이 많은데, 아직도 그 아픔이 날것처럼 생생한데.

엄마가 치매라는 이야기를 듣는 순간, 온통 머릿속이 하얘졌습니다.

그리고 엄마를 미워했던 이유들이 거짓말처럼, 기억이 나지 않습니다.

분명 사라지지는 않았을 텐데, 어딘가에 깊숙이 자리 잡아 쓰라리기도 한데, 이상하게 기억이 안 납니다.

상상조차 할 수 없는 온갖 쓰레기들을 집이 터져 나가도록 모으던, 내가 그토록 비난해 마지않던, TV 속 저장강박증 사람들이 떠올랐습니다.

무용하고, 더럽고, 고약하고, 추악한 것은 물론이거니와 결국 삶까지 피폐하게 만드는 '미움'이라는 쓰레기를 온 마음이 찢어지도록 채워 넣은 나의 모습과 별반 다르지 않았던 까닭입니다.

분명 존재하던 엄마를 미워하던 이유들은, 어쩌면 내가 키워낸 허상들이었을까요.

돌고 돌아 방황을 하면서 마음에 미움을 없애는 것만이 평온을 얻는 유일한 길임을 깨달았음에도, 나의 미움들은 유독 너무나 깊고 선명해 절대 없앨 수 없다 믿었습니다.

미움을 끌어안으면 안을수록, 쑥쑥 자랐던 것일까요.

엄마와의 사이는 그저 슬픔과 괴로움뿐이었습니다.

그런데 손주들의 사랑 표현에도 늘 냉담했던 엄마가 손하트까지 하며 아이처럼 웃습니다. 아프지 말라는 나의 잔소리에 너나 잘하라는 공격 대신에 아이처럼 펑펑 울고 있습니다.

엄마를 여전히 미워합니다. 그렇지만 미워했던 이유가 이상하리만치, 생각이 안 납니다.

평생 안고 살았던 저의 미움들이 무엇이었는지, 도무지, 도무지 모르겠습니다.

세상에서 가장 용감한 말, '도와줘!'

- 어쩌면 우리는 늘 용기를 내고 있는 것일지도…

죽을힘을 다해 나를 일으켜 세워 둘러업고는, 있기는 한 걸까 늘 의심하게 되는 그곳을 향해 겨우 한 발 한 발 내딛습니다. 그러다 매서운 폭풍우에 아니면 무서운 동물들의 습격에 또 아니면 그저 스쳐 가는 바람 한 점에도 전부 무너져 내리고 다시 바닥으로 떨어집니다. 지금까지도 수없이 떨어졌고, 앞으로도 그럴 것입니다. 삶이 원래 그렇다는 것을 이제는 잘 알고 있습니다.

보통 저는 글을 씁니다. 글을 쓸 때만은 오롯이 있는 그대로의 내가 되어 정직해지고, 친절해지고, 따뜻해지고, 밝아집니다. 미워하는 모습들도 그런대로, 투명하게 정면으로 바라보며 받아들일 수 있습니다. 그런데도 바닥이 끝이 없어 보일 때는, 글을 쓰는 것도 다 부질없어 마냥 내려놓고 싶을 때가 있습니다.

그럴 때면 그런 잠식에서 벗어나려 갖은 방법을 동원해 보는데, 요즘은 필사에 열심입니다. 읽으면 되지 굳이?라고 생각했었는데, 팔이 아프게 꾹꾹 눌러쓰며 읽어 내려가다 보면, 그 내용이 온전히 내 것이 되는 듯한 기분 좋은 묵직한 느낌이 참 좋습니다.

최근 필사하는 책은 〈소년과 두더지와 여우와 말〉이라는 영국 작가의 이야기입니다. 길을 잃은 소년이 숲속에서 동물들과 함께 나아가는 여정은, 얼핏 보면 동화책이 아닌가 싶을 만큼 그림과 짧은 대화로만 이루어졌지만, 그 어떤 명작보다 진한 감동과 깊은 여운을 안겨 줍니다. 그리고 무엇보다 마치 저의 삶을 꿰뚫어 보고 있는 듯한 반짝반짝 빛나는 말들에 속절없이 가슴이 아려 온다고 할까요.

"네가 했던 말 중 가장 용감했던 말은 뭐니?" 소년이 물었어요.
"도와줘, 라는 말." 말이 대답했습니다.

그 누구에게도 진정으로 수용 받은 적이 없다고 생각하며 살아온 까닭에 평생 가면을 쓰고 살아온 저입니다. 남한테 못나고 약한 모습을 보이거나 진짜 나의 본모습이 드러나면 절대로 안 된다고 생각했습니다.

세상에, 도와달라는 말을 하다니요. 그건 내가 못한다고, 약하다고 바로 인정하는 셈인데, 있을 수가 없는 일이었습니다. 그동안의 저에게는 말입니다.

어떻게 살아왔던 걸까요, 나란 사람은.

있는 그대로의 나는 사랑이나 존중받을 가치가 없으므로, 단한 번도 내 편을 가져본 적이 없다고 한 치의 의심도 하지 않았습니다. 부끄러운 있는 그대로의 내가 드러날까 늘 아등바등 동동거리며 살아왔습니다. 그렇게 애를 쓰며 살아왔음에도, 내가 이룬 과정이나 성취에 당당해 본 적이 없습니다. 마음 한편은 언제나 안달하고 조바심 내며 불안했었습니다.

"가야 할 길이 아직도 많이 남았어." 소년이 한숨을 쉬었습니다.

"그래. 하지만 우리가 얼마나 많이 왔는지도 뒤돌아 봐." 말이 말했습니다.

나름 성실하게 정직하게 살아왔음에도, 뭐가 그렇게 두려웠던 걸까요. 내가 얼마나 성실히 걸어왔는지, 열심히 해냈는지, 누군가의 표정을 한번 살피는 것보다도, 더 들여다본 적이 없었습니다. 그 정도면 잘한 거야, 수고했어. 같은 말들은 상상조차 해 본 적이 없는 말들입니다. 그저 남에게 인정받기만을 바랐지, 자신을 뒤돌아본다거나, 너그러이 자신을 대한다, 같은 거는 애초에 못 했던 일입니다.

"누군가가 널 어떻게 대하는가를 보고 너의 소중함을 평가하진 마."

"항상 기억해. 넌 중요하고, 넌 소중하고, 넌 사랑받고 있다는 걸. 그리고 넌 누구도 줄 수 없는 걸 이 세상에 가져다줬어."

나만이 이 세상에 가져다줄 수 있었던 것은 무엇일까요. 애증하는 부모님에게는 그래도 가장 귀한 딸, 둘도 없는 자매, 아이들에게는 세상 전부인 엄마, 가정을 잘 이끌어 나가는 아내, 멀리 있어도 힘이 되어 주는 친구……. 너무 가까이 있어 그 소중함을 항상 묵살했던 나의 다른 이름과 역할들은 분명 그만의 특별한 빛을 반짝이고 있을 것입니다. 그런데도 왜 그렇게 평생 타인의 인정만 쫓고 갈구하며, 나의 가치를 판단하며 살아왔을까요.

"시간을 낭비하는 가장 쓸데없는 일이 뭐라고 생각하니?"
"자신을 다른 사람과 비교하는 일." 두더지가 대답했습니다.

특별하게 누군가와 비교하지 않고, 내 기준대로 나름 잘 살아왔다고 자부했습니다만, 모든 잣대를 내가 아닌 타인에게 둔 것, 그 자체가 이미 비교였음을, 귀중한 시간을 그렇게나 허비했다는 것을 삶의 중후반에 들어선 이제야 깨닫습니다.

"때로는……." 말이 말했습니다
"때로는?" 소년이 물었어요.
"때로는 그저 일어서서 계속 나아가기만 해도 용기 있고 대단한 일 같아." 말이 말했습니다.

우리는 저마다의 짐을 짊어지고 있습니다. 그리고 그나마 짐을 가볍게 할 저마다의 방법들도 가지고 있습니다. 저 같은 경우 책이 그러해 지금 이렇게 책을 집어 듭니다만, 음악이나 운동, 게임도 있겠지요. 어떤 방법도 혹은 그저 아무것도 안 하는 것도 좋을 것입니다.

나 자신에게 하는 말이기도 합니다만, 어떤 모습을 하고 있을 지라도, 또 우리가 삶을 포기하지 않고 그저 견디고 버티며 있다 할지라도, 그 하나만으로, 이미 용기 있고 대단한 일일 것입니다.

문득, 어쩌면 책을 읽는 것이, 이 글을 쓰며 나의 말을 하는 것이, '도와줘.'라고 외치고 있는 것일지도 모른다는 생각이 듭니다. 나와 비슷한 사람들에게 조금이라도 위로가 되는 글을 쓰고 싶다 했지만, 실은 나 좀 도와달라고 손을 내밀고 있는 것일지도 모른다고요. 책에게, 글에게, 타인에게 아니면 음악에게, 운동에게, 게임에게, '섬'에게, '침묵'에게. 그저 한 순간이라도 넘어지지 않고 내딛으려고, 우리는 사실 모두 용기를 내고 있는 것이라고요.

그러니 우리 모두 저마다의 방법으로 이 시간을 또 살아 봅시다.

그리고 우리의 용기는 절대 배신하지 않을 거라고, 같이 믿어

보자고 말하고 싶습니다.

저의 경우, 지금은 보이지 않아도 지나고 나서야 비로소 보이

는 것이, 분명히 있었습니다.

그러니 우리 어떤 시련에 빠져 있더라도,

눈을 감고, 깊이 숨을 들이마시고 내쉬며….

아니면 그저 이불 속에 가만히 웅크리고 있더라도….

아니면 소리를 지르며 펑펑 울더라도…

"살면서 얻은 가장 멋진 깨달음은 뭐니?" 두더지가 물었어요.

"지금의 나로 충분하다는 것." 소년이 대답했습니다.

그걸로, 충분합니다.

나를 일으켜 주는 '뇌과학'

• 나의 맞춤 뇌과학 매뉴얼

무기력, 우울, 고난, 절망 그 종류가 어떠하든 그 안에 갇혀, 아무것도 하지 못한 채 끝만 생각하는 때가 있습니다. 그 어떤 위로나 도움도 닿지 않는 그때, 그나마 눈을 뜨게 해 주고 움직일 수 있게 해 주었던 것이, 저의 경우 바로 뇌과학 이론들이었습니다.

앞서 소개한 양자물리학이 몽개몽개 희망을 그리게 한다면, 뇌과학은 제 등을 토닥이며 일어나게끔 한다고 할까요.

제가 보고자 또 같이 나누고자, 일어난 일 그 자체보다 나의 시선과 해석들이 낳은 감정의 소용돌이에서, 조금이나마 차분하고 냉철하게 주변과 자신을 들여다보게 해 준 뇌과학 이론들을 몇 가지 정리해 보았습니다.

1. 몸을 움직여라

뇌에게는 몸이 곧 환경이다. 우리는 흔히 뇌의 가치를 몸
보다 상위에 놓는 경향이 있다. 하지만 뇌가 없어도 충분
히 살아가는 원시 생물을 보면 알 수 있듯이 뇌보다는 우
선 몸이 있어야만 우리는 존재할 수 있다.

〈삶이 흔들릴 때 뇌과학을 읽습니다.
이케가야 유지, 힉스〉

관련 이론을 찾아보면 운동을 하면 심박수가 증가하면서 뇌
로 가는 혈류를 증가시키고, 이는 더 많은 산소와 영양소를 뇌
에 공급하여 신경세포의 기능을 향상시킨다고 합니다. 그뿐만
아니라 규칙적인 운동은 해마의 크기를 증가시키고 전두엽의
기능을 강화하여, 기억력과 집중력, 창의력을 향상시키는 데 효
과적이라는 수많은 연구 결과가 있다고 합니다.

오직 마음이나 생각만 치켜세우며 몸은 그토록 무시했던 저
였기에, 그 무엇도 하기 싫어 동굴로만 숨고 싶을 때면, 억지로
이 이론들을 떠올려 봅니다.

'몸이 가장 근본이고 중요하다, 몸을 움직여야 마음도 움직일 수 있다.'라고 무작정 되뇌며, 겨우겨우 몸을 일으켜 한 발 내딛어 봅니다. 거창한 운동이 아니어도 될 거 같습니다. 떠올리기 싫은 생각이나 두려움에 질식할 거 같다는 생각이 들면, 무작정 기지개를 켜며 팔을 앞뒤로 흔들고 창문을 열어 봅니다. 누워 있을 때는 눈동자를 이리저리 굴려 보고 발목을 까딱까딱 움직여 봅니다. 과연 견뎌낼 수 있으려나 했는데, 숨통이 트이는 순간이 어느새 찾아오더라고요.

2. 규칙적 습관 만들기_명상, 호흡, 운동, 말 등등

최근 들어 점점 활발하게 연구되면서 인정받고 있는, 신경가소성의 의미는 대략 다음과 같습니다.

신경가소성: 뇌의 신경계가 환경 변화와 경험, 주변 자극의 영향에 의해 구조와 기능을 바꾸면서 재조직되는 현상을 의미한다. 기존에는 뇌가 성장을 다하면 뇌세포가 그대로 안정화된다고 믿었으나, 최근의 연구에 따르면 학습이나 여러 환경에 따라 뇌세포는 계속 성장하거나 쇠퇴한다.

부정적인 생각과 행동을 하면 부정적으로, 긍정적인 생각과

행동을 하면 긍정적으로 뇌에 하나의 회로, '길'이 만들어진다는 이론이 과학적으로 증명된 것입니다.

모든 행동부터 사소한 말이나 사고 하나까지, 습관적으로 하고 있다는 생각이 든 것은 얼마 되지 않은 일입니다. 나의 상당의 불안과 고통이 실제보다, 나의 부정적인 습관 즉 오래 굳어진 뇌 회로들로 인해 훨씬 확대 생산되고 있는 것입니다.

어떤 일이 생겼을 때 혹은 어떤 사람이나 상황을 볼 때, 앞뒤탈탈 털면서 부정적인 면만 찾아보는 버릇은 도대체 언제부터 생겼던 걸까요. 그 집념과 의지를 긍정적인 부분을 찾는 데, 조금이라도 썼더라면 이렇게 비뚤어지지는 않았을 텐데, 부끄러움과 후회만이 밀려듭니다.

노력하는 만큼 바뀔 수도 있다는 사실을 이제라도 알았으니, 긍정적인 습관을 만들기만 하면 되는데 머릿속이 백지장처럼 하얘집니다.

일관성을 갖고, 환경을 조성하고, 보상 시스템을 활용하라는 메모를 해 봅니다. 처음에는 작은 목표부터 세우기. 우선 '아침 5분 감사 명상하기'부터. 잠결이든 아프든, 눈을 뜨면 무조건 감사한 일 떠올리기.

작심삼일로 끝나기 일쑤지만, 건강한 마음과 평안한 삶은 일상의 성실함에서 온다는 과학에 근거한 이론들을 다시 한번 떠올리며 다짐해 봅니다. 호흡법이나 저녁 스트레칭, 긍정적 언어 같은 습관들도 차츰 내 것으로 만들어 볼 작정입니다.

그러다 보면 작심삼백 일, 삼천 일이 되는 날이 오겠지, 막 상상하면서 말이지요.

3. '지금-여기'의 힘을 믿고, 나만의 감정 매뉴얼 만들기

우리는 감정을 느끼고 사고를 하는 것이 아니라, 생각을 한 다음에 감정을 느낀다. 우리는 어떤 감정을 가질지 '선택하는 힘'을 지닐 수 있고, 감정을 인정하고 통제할 수 있다.

<나를 알고 싶을 때 뇌과학을 공부합니다,

질 볼트 테일러, 윌북>

뇌과학자 질 볼트 테일러에 의하면 감정의 생화학적 수명은 90초에 불과하며, 시간이 지나도 그 감정이 살아 있게 하는 것은 다름 아닌 자신의 '생각'이라고 합니다. 우리가 익히 알고 있던 것처럼 감정이 우리를 사로잡는 것이 아니라, 그냥 사라질 수 있는 감정들을 나의 부정적 경험들과 습관이 만들어 낸 생각이 붙들어 놓는 것입니다.

저처럼 예민한 기질에, 내 편을 가져보지 못했다는 생각에 평생 매여 있는 사람에게는 온 우주가 뒤집힐 만한 이야기입니다. 부정적 감정들이 휘몰아쳐서 생각이 많아진다 생각했는데, 나의 케케묵고 고장 난 생각들이 오히려 감정들을 만들어 내고 있었다니요.

그동안 겪었던 그 수많은 감정이 하나의 실체이고, 선택과 통제를 할 수 있다는 이론들을 공부하고부터, 저는 좀 더 객관적으로 감정에 접근하려 노력하는 중입니다. 불편한 감정이 휘몰아친다고 느껴지면(사실은 감정이 아닌 과거의 경험과 습관에서 기인한 몸의 반응) 먼저 '심호흡을 한다-생각을 전환하기 위해 귀를 잡아당긴다거나 눈동자를 돌려보는 등의 신체 동작을 한다-내가 왜 이런 감정을 느끼는지, 나의 생각과 기분을 차분하게, 객관적으로 관찰하고 살펴본다.' 같은 매뉴얼을 만들고 익히는 식입니다.

지금까지 다루었던 내 편을 가지지 못해서 생기는 무수한 감정들로 인해 생기는 일 중 최악은, 늘 현재를 살지 못하고 언제나 과거나 미래에 얽매여 있다는 것이었습니다. 지난 일을 곱씹느라 또는 닥치지도 않은 일을 걱정하느라, 정작 지금 내 감정이나 생각 혹은 주변과 타인을 전혀 살피지 못한 해, 나의 숱한 지금들을 항상 또 하나의 후회 가득한 과거로 만들어 버리는 것입니다.

사람들은 흔히 하기 싫은 일을 하지 않는 용기에서 성취감과 행복을 찾을 수 있다고 말합니다. 그런데 하기 싫은 일을 해내는 뿌듯함과 만족감에서는 살아가는 힘을 얻을 수 있는 것 같습니다. 지금, 여기를 어떻게든 살아 내는 것만으로, 도무지 예측할 수 없는 험난한 인생에서 나를 일으켜 세우고, 나를 지지해 주는 거칠지만 단단한 힘이 어느새 자라 있는 것입니다.

바라고 원하던 삶이 아님에도 불구하고, 꾸역꾸역 하루를 살아 내는 분들의 마음속에 뇌과학이라는 저의 메모가 잠시나마 붙여졌으면 좋겠습니다.

고통은 아무것도 아니다

오히려 그것은 광기에 불과하다

고통은 아무것도 아니다

오히려 그것은 광기에 불과하다

오직 너 혼자만 그 아픔을 만들어 내고 너 스스로

너에게 아픔을 주는 것이다

〈삶을 견디는 기쁨, 헤르만 헤세, 문예춘추사〉

미움과 겸손은 도대체 무슨 관계일까?

내 편을 가지지 못해 가장 괴로운 일은 아마 마음에 미움이 점점 자란다는 것일 겁니다. 그런데 자칫하면 이를 평생 모른 채 살아갈 수도 있습니다. 들여다보면 내 편을 가지지 못해 형성된 여러 가지 성격적, 심리적 결함들로 만들어진 미움, 다시 말해 내 안에서 스스로 만드는 미움들이 훨씬 많은데, 그저 남들이 나를 인정하지 않는다는 원망에만 그치기에 십상인 까닭입니다.

몇 년 전부터 〈미움받을 용기〉라는 책이 많은 사랑을 받고 있습니다. 저 역시 밑줄까지 쳐 가며 인상 깊게 읽었었지만, 책에서 알려 준 것과는 달리, 막상 미움받을 용기를 가지기란 불가능에 가까운 것처럼 느껴졌습니다. 너무나 오랜 시간 삐뚤어진 채로 살아오다 보니, 미움받을 용기의 가장 기본 전제인 자신의 감정을 이해하고 인정하면서, 있는 그대로의 자신의 가치를 수용하고 받아들이는 것이 말처럼 쉽게 되는 일이 아니었기 때문입니다.

내 편을 가지지 못한 사람을 자세히 살펴보면, 어린 시절부터 수용과 인정을 받지 못한 경험들이 '미성숙한 자아'를 만들면서, 자신의 가치를 타인으로 채우려다 보니 아이러니하게도 지나치게 자아에 몰두하게 돼 버리는 경우가 많습니다. (심리학 용어로 '과대자기 혹은 자아팽창'이라고 한다고 합니다.)

'네가 뭔데 나를 이렇게 대해?, 나는 이럴 대접받을 사람 아니야, 나는 모두에게 사랑받아야 해, 내가 제일 피해자야, 나만 억울하고 분해.' 이렇게 자기중심적이고 과대평가된 자아를 가지게 되면, 무엇보다 타인과의 관계가 삐거덕거리게 되고, 그 결과 자연스레 마음에 '미움'이 생겨날 수밖에 없게 됩니다. 그리고 실은 이런 나의 미숙하고 불안한 사고들로 인해 관계를 엉망으로 만들어 버리는 건데, 되려 상대방에 대한 근거 없는 또 끊임없는 불만과 원망만을 가지게 됩니다.

그래서 미움의 근원을 계속 찾아가다 보면 종국에는 그 뿌리가 타인이 아닌 나에게 있는 경우가 저는 많았습니다. 제가 그만큼 미숙하고 불안한 사람이었던 것이지요. 이처럼 있는 그대로의 자신을 이해하는 것을 시작으로 미움을 안고 사는 것이 가장 괴롭다는 결론을 얻고 나서는, 미움을 없애는 방법들이 궁금해졌습니다.

상대방을 이해하기, 자신의 감정을 알아차리기, 자존감을 높이기, 자신을 사랑하기, 상대를 용서하기 등등. 그런데 이상하게도 이론적으로는 이해가 되는데, 그 방법들을 실천해 볼수록 오히려 미움이 사라지기는커녕 마음이 점점 괴로워지는 경험을 하게 되었습니다. 도대체 무엇이 문제였던 걸까요.

저처럼 과대자기로 인해 대인관계에서의 문제와 나아가 미움까지 생기는 사람에게는, 무엇보다 먼저 '겸손'이 필요하다고 깨달은 것은 불과 최근의 일입니다.

자신에 대한 이해와 인정과 함께 '나는 아무것도 아니다.'라는 나를 수용하면서도 타인을 존중할 수 있는 겸손이 갖춰져야, 비로소 미움을 없앨 수 있다는 진리를 말입니다. 즉, 자신에 대한 올바른 인식과 수용과 더불어 타인의 가치에 대한 진정한 존중도 같이 이루어질 때. 이를 바탕으로 단단하면서도 따뜻한 자아가 만들어지면서, '그럴 수도 있지,'라는 태도로 나와 타인은 물론이거니와 세상까지 품으면서, 조금은 둥글게 살아갈 수 있는 것입니다.

그걸 깨닫고 보니, 저라는 사람은 부끄럽게도 참으로 오만하고 교만했던 것 같습니다.

그동안 가지고 있었다 믿었던 겸손한 외적 자세는 진정한 겸손이 아니었던 것이지요. 저 밑바닥에는 '내 말이 맞으니 내 말대로 돼야 해, 어떻게 나한테 그렇게 행동해?' 같은 마음이 숨어있었는데, 그저 남을 탓하거나 내 편이 없다고 투덜대기만 했었습니다. 그러면서 타인의 인정을 받기 위해 쌓아놓은 가면과 성과가 오로지 내 덕인 양, 전부인 양 은근히 뽐내고 젠체했었습니다.

진정한 겸손이란, 단순한 낮춤이나 고개 숙임을 넘어선, 타인과 세상을 향한 내 안에서 우러나오는 따뜻하고 굳건한 태도이자 믿음임을 이제야 깨닫게 되었습니다. 세월에 또는 고난에 깎이지 않았다면 아마 이조차 영원히 몰랐을 것이며, 여전히 왜곡된 자아만 붙들고 타인과 세상 탓만 늘어놓고 있었을 것입니다.

인터넷에서 겸손을 찾아보니, 도덕책에 나오는 지루한 미덕인 줄 알았던 겸손이 비단 한 인간을 성장시키는 것을 넘어 삶을 아름답게, 세상을 풍요롭게까지 만드는 아주 엄청난 힘을 지닌 가치라고 합니다.

그동안 겸손보다 더 중요하고 갖추어야 할 능력들이 많다고 단단히 잘못 알았던 것 같습니다.

조금은 후회가 됩니다. 너무나 오래 지독하게 나의 세상에만 갇혀 지냈던 것 같습니다.

인생은 겸손에 대한 오랜 수업이다.

– 제임스 M 페리

용서가 먼저냐, 감사가 먼저냐라는 문제

• 용서와 감사, 과연 가능하기는 한 걸까?

내 편이 없다는 것이 적이 많다는 의미인 걸까요? 어느 날 문득 돌아보니, 세상에, 용서할 사람과 일들이 산더미처럼 쌓여 있습니다.

용서는 상대가 아닌 나를 위한 선택이다, 용서를 하면 정신적 평화는 물론 신체적 건강도 얻을 수 있다, 용서를 함으로써 삶에 감사하게 된다, 머리로 충분히 이해하고 그러한 삶을 살고 싶어, 적지 않은 날을 하나라도 용서하기 위해 무던히도 애를 썼습니다만, 참, 오히려 잊었다고 믿었던 당시의 온전한 분노와 원망들이 생생하게 튀어나오면서, 또 그럴 때마다 그런 나 자신까지 혐오하게 되면서 괴로움만 눈덩이처럼 커질 때가 많았습니다. 감사는 언감생심이고, 용서나 과연 할 수 있을까 늘 의구

심만 가득했던 날들이었지요.

　작년 무렵, <오두막>이라는 영화를 우연히 보게 되었습니다. 연쇄살인마에게 막내딸을 잃은 한 가장이 신을 원망하며 살아가다 어느 날 정체불명의 '파파'에게 오두막으로 초대를 받게 되고, 꿈만 같은 여정을 통해 진정한 용서를 하게 되는 모습을 담고 있는 줄거리로, 매 장면과 대화 모두가 묵직한 울림과 여운을 남겨 주는 영화였습니다.

　　"그자가 한 짓을 봐주란 게 아닐세. 나를 믿고 옳은 일을
　　하란 걸세. 최선이 뭔지 깨우치고. 용서한다고 관계를 만
　　드는 것은 아니네. 그저 그의 목덜미를 놓아주라는 거지.
　　내면의 고통이 자넬 삼키고 있어. 기쁨을 앗아 가고 사랑
　　할 능력을 잃게 하지. 못하는 게 아니라 안 함으로 인해
　　계속 자신을 옭아매고 있잖아."

　　　　　　　　　　　　　　　　　　　<영화 '오두막(The shake)' 中>

　이처럼 진정한 용서란 상대를 위해서가 아니라 자신을 위해 최선을 선택하는 것이며, 앞으로 나아가기 위해 과거를 마주하

고 보듬어 결국은 놓아주는 것이라는 진리를 영화는 말하고 있습니다.

에스키모인들에게는 '용서'라는 단어 자체가 없다고 합니다. 그래서 당시의 선교사들이 '용서'라는 뜻을 설명해 주니, 에스키모 말로 '이쑤 마기주 중 나이 너미크(Issu Magigou jung nai nermilk)'라고 가르쳐 주었다고 합니다. 그 뜻은 '더는 그 일에 대해 생각하지 않는 것'으로, 단어만 없을 뿐 용서의 진정한 의미를 에스키모인들은 온전히 이해하고 있었던 것입니다.

물론, 일어난 일, 더구나 상처가 되는 일을 아예 없었던 일처럼 잊는다는 것은 불가능하다고 할 수 있을 만큼, 결단코 쉬운 일이 아닙니다. 아마 여기서 말하는 '더는 그 일에 대해 생각하지 않는다'는, 물리적으로 기억에서 완전히 지운다는 의미는 아닐 것입니다. 과거를 있는 그대로 받아들이고 보듬음으로써, 당시의 분노와 고통의 감정들을 담담히 바라보고 또 놓아주게 되면, 그렇게 앞으로 다시 나아갈 수 있다는 뜻이 아닐까, 헤아려 봅니다.

사실 아직도 잘 모르겠습니다. 오늘도 용서할 누군가를 또는 무언가를 슬쩍 들여 보기만 하는데도, 분노와 원망부터 우수수 쏟아져 나옵니다. 그럴 때면 억지로라도 졲 먹던 힘을 다해 감사할 일을 떠올립니다. 오늘 하루의 무사함과 보통의 소중함, 날씨 좋음까지 사실은 조금도 당연하지 않은데도 당연하다 경시했던 그 모두가, 얼마나 감사할 일인지 나를 어렵게 설득합니다. 처음은 힘이 들지만, 이렇게 감사할 일을 떠올리다 보면 마치 물들듯이 조금씩 마음이 말랑해지는 것이 느껴지면서, 용서하는 일이 살짝은 편해집니다.

'가족이 아프지 않은 것만 해도 감사한 일인데, 얼마 손해 좀 봤으면 어때. 그깟 일쯤이야.' 이렇게요. 언제나 여러 감정이 끼어들어 아주 찰나의 순간에 불과하지만, 그렇게 점점 늘여 가다 보면 용서든 감사든 그 비슷한 모습이라도 되지 않을까 믿어 보는 것입니다.

돌아보면 버겁기만 했던 고난과 역경들이 다 무용은 아니었나 봅니다. 용서와 감사가 순서나 인과 관계로 맺어 있는 서로 다른 덕목이 아니라, 그저 다른 모습만 한, 사실은 같은 마음이나 태도가 아닐까. 그래서 어떤 갖춰야 하는 소양이 아니라, 우

리 스스로의 의지로 선택할 수 있는 행동이 아닐까, 하는 생각
이 들면서, 그처럼 행동하려는 것을 보니 말입니다.

그런데도 손에 잡힐 듯 잡히지 않는 무언가처럼, 용서와 감사
가 참 어렵습니다.

그 사람이, 그 일이 나를 붙들고 있다고 생각했는데, 내가 붙
잡고 놓지 않고 있었습니다.

간절히 놓아 버리고 싶은데, 제가 참 너무나도 오래 붙잡고
있었나 봅니다.

내 편이 보이질 않아서

어떤 대단하고 특별한 위로가 못 되어서 참 송구스럽습니다만. 평생 내 편을 가져보지 못해, 그래서 평생 내 편을 가지기 위해 부단히 애를 쓰고 또 써야 하는 나와 누군가를 위해 글을 마무리하며…

살아오는 내내, 내 편이 없다는 생각에 시달리면서, 나를 이해하고 인정해 주는 사람이 하나도 없다는 현실이 그토록 슬프고 사무쳤었습니다. 그런데 세월이 흐를수록 더욱 선명해지는, 진짜로 가장 슬픈 일은 내 본연의 모습, 그중에서도 나만의 빛나는 장점들을 점점 잃어버리는 것 같습니다. 책 한 줄에, 영화한 장면에, 누군가의 말 한마디에 설레고 마음 아파하던, 루마니아 어느 시골 언덕의 노을을 바라보러 떠나겠다던 순수하고 용감했던 고운 사람은 도대체 어디로 가고, 그저 뾰족하고 삐뚤어진 성난 사람만 남아 있습니다.

내 편이 없는 것이 아니라 보이지 않는 것이었으며, 진정한 내 편은 다름 아닌 나 자신이라는 사실은 내심 알고 있었는지도 모릅니다. 그만큼 내 곁에 있었던 내 편을 알아채지 못할 정도로 아둔했고, 스스로가 내 편이 되어 주지 못할 만큼 미련했습니다.

그런데 참 아이러니하게도, 이런 저의 성날 대로 성난 마음이 제 글의 시작이 되었습니다. '이것만 따라 하면 인생이 바뀐다, 그것만 깨달으면 한 번에 삶이 변한다.' 같은 희망 고문 같은 이야기들이 그렇게 거슬리고 뒤틀렸습니다. 어떻게 다들 책 한 권 읽고, 어떤 진리를 한순간 깨닫고, 한 번의 계기로, 단번에 사람이 혹은 인생이 바뀌고 변한다는 건지, 나는 아무리 죽을힘을 다해 발버둥을 쳐도 끝이 없는 시련에 빛 하나 보이지 않던데, 이렇게 말입니다. 여기 나 같이 엉망진창인 사람도 있습니다. 얼마나 고장이 나 있으면, 유일한 내 편인 자신조차 모질게 괴롭히며 늘 원하지 않는 삶을 살고 있지만, 그래도 견디고 버티고 있습니다. 나를 보고 위안을 받으세요. 우리 서로를 보면서 위로해요. 그래서 글을 썼습니다.

"희망은 불운과 부조리 속에서도 내가 지금 뭐라도 노력
하고 있어서 느끼는 가치입니다."

<나도 아직 나를 모른다, 허지원, 김영사>

가만히 돌이켜 보면, 내 삶이 전혀 그러하지 못했기에 아름다
운 사람이 되고 싶었고, 아름다운 삶을 갖고 싶어 더욱 이를 악
물고 버텼던 것 같습니다. 거창하게 뭔가를 이루지도 못했지
만, 어떻게든 살아 보려 뭐라도 했었습니다. 그저 미숙하고 방
황했던 지난날이었지만, 그 또한 더 나은 내가 되고 싶고, 그렇
게 살고 싶었던 나만의 여정이고 성과였습니다. 그리고 그런
지난한 날이 있었기에 지금의 내가 있을 수 있었습니다. 아무
도 몰라도 됩니다. 나만 알아도 됩니다. 그렇게 저는 오롯이 나
만이 가질 수 있는 농도와 깊이를 만들어 낼 수 있었습니다. 아
마 지금도 잠 못 이루고, 이 글을 읽고 있는 당신의 삶도 그러했
을 것입니다.

'아름답다'란 말의 어원은 15세기 <석보상절>에 등장하는
데, 당시 수행자들이 아름답다는 의미를 '아(我)'답다고 표현
한 데서 유래했다고 합니다. 자신을 알고, 자신의 삶을 살아가

는 '나다운 것'이 아름다운 모습이라는 것을 선조들도 알고 있었던 것일까요.

진정한 '나'를 이해하고 수용해야, 타인에 휘둘리지 않으면서도 함께 걸어갈 수 있는 삶이 가능하다는 것은 우리 모두 알고 있습니다. 하지만 이를 위해 장황하게 의미를 부여할 필요도, 과도하게 방법을 찾아 헤맬 필요도 없습니다. 지나고 보니, 지금 그리고 여기에 충실하다 보면 어느 순간 내가 그리고 타인이, 그 끝의 세상이 내 편이 되는 때가 찾아왔습니다. 저는 그랬습니다.

아무것도 아닌 저의 이야기를 듣고 있는 누군가에게, 제 손을 내밀어 그 손을 살며시 잡아 봅니다. 살아간다는 것이, 나 혼자서는 되지 않고 함께 걸어야 함을 가만히 떠올려 봅니다. 나만 억울하다 분개하지만, 실은 나도 모르는 새, 수많은 누군가에게 신세를 지며 살아왔을 것입니다. 또한, 나 역시 미미할지라도 어떤 쓰임이나 도움이 되었을지도 모릅니다. 그렇게 나 자신이 이 세상의 아주 작지만, 그럼에도 가치 있는 일부임을 곰곰이 되새깁니다.

앞으로도 우리의 인생은 쉴 새 없이 화살이 날아와 꽂히고, 칼날에 베이고, 흙먼지를 덮어쓸 것이 분명합니다. 또 수없이 무너지고 일어서지 못할 것입니다. 그래도 이제 적어도 내 안에서 고통과 분노를 만들어 내지는 말아요 우리. 우리는 이미 자신도 모르게 견고하게 쌓아 올린 잣대들로 타인의 그리고 나의 인생을 넘치도록 가혹하게 재단하며 살아왔습니다. 우리는 아무것도 아니지만, 우리의 잘못도 아닙니다. 인생은 원래 그렇고, 그런 일이 생길 수도 있고, 그냥 그랬던 겁니다.

그러니 우리 덜 힘들어하고, 덜 아파하고, 딱 거기까지만 생각하기로 해요. 어떤 과거가 나를 붙잡고 있더라도, 어떤 미래가 펼쳐질지 두렵더라도, 그냥 지금 여기만을 덤덤하지만 정성스럽게 살아가 봅시다. 그리고 우리 먼 어느 날, 오늘을 돌아보며 지난 이야기를 다정하게 나눠 보아요.라고,

'그렇게 살고 싶지 않지만, 그렇게 살 수밖에 없는', 삶을 버티고 있다 하지만 사실은 삶을 지키고 있는, 저와 같은 사람들에게 꼭 말하고 싶습니다. 당신은 지금 그대로, 충분합니다. 그렇게라도 살아 있어 줘서, 참 고맙습니다.

지금, 여기에서 행복할 것.

- 니체

내 편을 가져본 적이 없어서

© 안토, 2025

초판 1쇄 발행 2025년 6월 5일

지은이   안토
펴낸이   이기봉
편집   좋은땅 편집팀
펴낸곳   도서출판 좋은땅
주소   서울특별시 마포구 양화로12길 26 지월드빌딩 (서교동 395-7)
전화   02)374-8616~7
팩스   02)374-8614
이메일   gworldbook@naver.com
홈페이지   www.g-world.co.kr

ISBN   979-11-388-4327-0 (03810)